로크미디어가
유혹하는
재미있는 세상
ROK MEDIA
로크미디어

이것이 삶이다

이것이 법이다 51

2018년 11월 27일 초판 1쇄 인쇄
2018년 11월 30일 초판 1쇄 발행

지은이 자카예프
발행인 이종주

기획 팀 이기헌 왕소현 박경무 이승제
책임 편집 최전경

발행처 (주)로크미디어
출판등록 2003년 3월 24일
주소 서울시 마포구 성암로 330 DMC첨단산업센터 3층 318호, 319호
Tel (02)3273-5135 **Fax** (02)3273-5134
홈페이지 rokmedia.com **E-mail** rokmedia@empas.com

값 8,000원

ISBN 979-11-294-0834-1 (51권)
ISBN 979-11-255-9575-5 04810 (세트)

자카예프 장편소설

이 소설은 픽션입니다.
등장하는 인물 및 지명 등은 현실과 연관이 없습니다.
또한 소설 내에 나오는 법이나 법리 해석의 경우에도 대중문학의 극적 전개를 위하여 일부분 과장되거나 변형된 것이 존재하니 실제 법과 혼동하지 않으시길 바랍니다.

CONTENTS

소도둑 가속화 프로젝트

정의란 언제 완성되는가?

이건 거창한 질문이 아니다.

말 그대로 정의, 그러니까 악행에 대한 처벌이 제대로 되는가에 따른 문제이다.

당연히 노형진은 이 문제에 대해서 상당히 머리가 아플 수밖에 없었다.

"왕따 문제가 점점 심해진다고요?"

"그래. 아, 전부는 아니고 특정 지역 문제야. 그쪽 지역 재판부가 너무 무리한 요구를 하더군. 그래서 그쪽 지역에서 제대로 왕따를 근절하지 못하고 있네."

"어째서요?"

“재판부에서 처벌을 하지 못하겠다고 버티고 있어. 자기들 말로는 너무 가혹하다는 거지.”

“그게 무슨 말씀이세요, 처벌을 못 하겠다니? 그리고 가혹요? 피해자들 생각이나 한답니까? 아니, 우리한테 올 정도면 이만저만 심각한 사건이 아니라는 건데, 가혹이라는 게 말이나 됩니까?”

노형진은 왕따를 막기 위해서, 정확하게는 왕따를 하는 녀석들을 처벌하기 위해서 시스템을 만들었다.

기존에는 왕따가 발생하면 교육청에서 사건을 은폐하고 피해자를 전학시키면서 가해자를 지키기 위해서 노력했다.

그래서 노형진은 그걸 막기 위해서 적극적으로 경찰을 이용했다.

경찰에 신고를 하고 제대로 일하지 않는 경찰을 업무상 배임으로 고발하고, 선생님과 교장 역시 고발하면서 그들에게 불이익을 줬다.

그리고 적극적으로 피해자들을 찾아서 직접 의뢰를 받으면서 가해자들을 처벌해 왔다.

그렇기에 많이 줄었다고 생각했는데, 난데없이 특정 지역의 재판부에서 그걸 막으면서 처벌을 안 하겠다고 버틴다는 것이다.

“그쪽 지역 재판부에서 말이 나왔네.”

“아오, 이 새끼들이 진짜.”

노형진이 이렇게 화를 내는 것은 다 이유가 있었다.

재판부라는 것은 독립적인 것처럼 보이지만 독립적이지 않다.

가령 판사 회의에서 어떤 결정이 떨어지면 판사들은 그 기준에 맞춰서 형량을 결정해 버린다.

예를 들어, 강간에 대해서 집유를 내리라고 해 버리면 그들은 그냥 무조건 집유를 내려 버린다.

그런데 그러한 회의를 주최하는 것은 결국 해당 법원의 상급 판사들이다.

몇몇 상급 판사들의 의견이 결정되면 범죄자들이 줄줄이 풀려 나가는 것이다.

"그런 놈들의 법 만들기가 어디 한두 해 일인가? 게다가 그놈들만 그러나? 다른 놈들도 다 그러는데."

"그렇지요."

경찰은 자기 마음대로 결정해서 사건 접수를 거부하고, 검찰은 기소권 독점 권한을 이용해서 자기 마음대로 처벌 수위를 결정한다. 재판부는 내부 회의를 통해서 형량을 결정한다.

법을 만드는 것은 국회의 국회의원인데 정작 그 법을 집행하는 각 기관들은 자기 입맛에 맞게 법을 자의적으로 해석해서 법을 새로 만드는 셈이다.

"이번에는 또 뭐랍니까?"

"처음에는 검찰에게 이런 사건에 대해서는 기소유예로 끝내라고 했다더군."

"기소유예요?"

"그래. 그래서 우리가 재정신청을 하니까 재판부에 무조건 4호 처분 이하로 하라고 했다더군."

"미친."

기소유예는 실질적으로 처벌이 아니다.

애초에 형량 자체가 나오지 않는데 그게 처벌이 될 리 없지 않은가?

좀 더 쉽게 표현하자면, 검찰 단계의 훈방이 바로 기소유예라고 볼 수 있다.

"재정신청을 했는데도 처벌을 못 하겠다 이거군요."

"재판부에서는 불만이 많아."

재정신청은 이런 경우에 피해자들이 신청할 수 있는 고소다.

범죄가 맞는데 검찰이 기소 독점권을 이용해서 재판에 회부하지 않는 경우, 정식재판을 걸어서 처벌을 받게 하는 것이다.

그런데 재판부는 그걸 막기 위해서 4호 처분 이하로 처벌을 내리도록 못을 박아 버린 것이다.

청소년의 경우에는 몇 년 형이 아니라 몇 호 처분이라는 식으로 기준이 정해져 있는데, 그중 4호 처분은 단기 보호관찰이다.

그런데 이게 좋게 말해서 보호관찰이지, 멀쩡하게 생활하다가 정해진 날짜에 가서 담당 경찰과 잠깐 이야기하면 되는 거다. 그러니 제대로 된 처벌이 될 리 없다.

제대로 처벌이 되려면 6호 처분 이상은 되어야 한다.

그래야 피해자와 격리되기 때문이다.

"그래서 피해자들이 보복 폭행을 당하는 경우가 많은 모양이야."

"보복이라고 하시면?"

"그쪽 지역에서 우리에게 의뢰했던 피해자들 중 벌써 열두 명이 보복 폭행을 당했네. 다시 고발했지만, 이번에는 5호 처벌이 나왔어."

"이런 미친 새끼들! 보복인데 다시 5호를 내린다고요?"

"재판부에서 무조건 4호 이하로 내리라고 언질했고, 보복이니까 5호지."

"이런 미친 새끼들."

5호는 4호 바로 다음 처벌인데, 장기 보호관찰이다.

그냥 상담 시간만 늘어난 거지 처벌이 바뀐 것은 아니다.

노형진은 그 소리를 듣고 이를 박박 갈았다.

이럴수록 가해자들은 더욱 날뛴다는 걸 재판부가 모를 리 없다.

"도대체 이 새끼들 왜 이런대요?"

"아무래도 가해자들 부모 중에 지역 유지들이 적지 않은 모양이야."

"하아, 돌겠네요."

지역의 경우는 이런 상황이 종종 있다. 지역 전부가 결탁해서 사건 자체를 무마하려고 하는 것 말이다.

몇 번이나 겪었던 일이고 그때마다 온갖 고생을 다 했다.

그런데 이번에도 그런 일이라니.

"이러다가 살인도 많아지면 선처하자고 나올지도 모르겠네요."

노형진은 짜증스럽게 말했고 송정한은 그런 그의 분노를 충분히 이해했다.

직접 시스템을 만들어서 어떻게 해서든 왕따를 줄여 놨는데 그걸 무력화해서 다시 왕따 피해자가 늘어나게 생겼으니 말이다.

"왜 우리가 그걸 이제야 안 겁니까?"

"우리한테 쉬쉬하더군. 기본적으로 내부 회의 기록은 비밀이니까."

"아무리 그래도 그렇지."

지난 몇 달간 새론에서 왕따 사건을 할 때마다 과거와 다르게 무조건 4호 처분 이하가 나왔다.

그쪽 지역에서 피해자가 백 명이 넘어도, 피해 액수가 수천만 원이 넘어도, 왕따 사건은 무조건 기소유예 아니면 4호 처분 이하였던 것이다.

처음에는 새론도 몰랐으나, 그런 유의 사건들이 자꾸 그런 식으로 마무리되자 조사해 봤다가 몇 달 전의 판사 회의에서 그런 결론을 내렸다는 사실을 알게 된 것이다.

'왕따 사건은 무조건 기소유예를 때려라.'라는.

다행스럽게도 그쪽 지역이 유독 지역 유지와의 결탁이 심한 듯, 다른 지역들은 그렇지 않았다.

"그쪽에서도 자꾸 그러면 전과자가 넘쳐 나서 곤란하다는 건데……."

"말이 됩니까?"

전과는 자기 스스로 범죄를 저질렀기 때문에 다는 것이지 남이 달아 주는 게 아니다.

일은 범죄자가 저질렀는데 왜 피해자가 손해를 봐야 한단 말인가?

"그 새끼들이 나가서 범죄를 저지르면 그 책임은 판사들이 져 준대요?"

"그럴 리가 있나?"

"웃기는군요."

오랫동안 사건을 담당하면서 느낀 것이, 처벌이 없는 반성은 없다는 것이다.

특히나 아이들은 더욱 그렇다.

아이들의 세계에서 경찰에 가서 조사를 받았다는 것은 부끄러움이나 창피함의 대상이 아니라, 어른과 싸우고 기존 규칙과 싸웠다는 일종의 자랑스러운 훈장이다.

그렇다 보니 그런 놈들이 거들먹거리면서 보복을 하는 경우는 많다.

"재판부랑 싸워 봤지만 말이야, 요지부동이야."

"그렇겠지요."

그들은 자신들이 신이라 생각한다. 그래서 자신에게 저항하는 자를 용서하지 않는다.

잘못된 걸 잘못되었다고 이야기한다고 해서 들어 먹을 정도의 재판장이었다면 이미 배신자로 낙인찍혀서 쫓겨날 수밖에 없는 게 그들의 구조다.

"아무래도 피해자들에 대한 보호책을 만들어야겠습니다."

"무슨 수로?"

"최소한 피해자들을 보호할 수 있는 방법을 찾아야지요. 아니면 그들이 전학을 가든가요."

"그러면 결국 도돌이표가 아닌가?"

"끄응……."

학교에서는 왕따 사건이 터지면 피해자를 쫓아낸다.

그게 싫어서 시스템을 만들었는데 결국 다시 말짱 황이 되어 버린 것이다.

"당분간은 주의를 해야 하겠습니다."

"그래."

송정한도 김성식도, 한숨을 쉬면서 이번 사태를 해결할 방법을 찾기 위해서 머리를 부여잡는 것 말고는 할 수 있는 일이 없었다.

⚖

사건은 얼마 후 터졌다.

살인.

한 아이가 목숨을 잃었다. 그리고 그건 철저하게 불문에 부쳐졌다.

"……."

빈소에서 정신이 나가 있는 부모를 보면서 노형진은 이를 악물었다.

"범인은 잡았습니까?"

"아직입니다."

그들을 만나고 나온 무태식 변호사는 한숨을 쉬었다.

이번 사건, 아니 지난번 왕따 사건의 담당 변호사가 그였다.

"하지만 뻔하지요."

"그 녀석인가요?"

"네. 기소유예로 풀려났거든요."

그렇게 풀려난 후에 그 녀석은 저 새끼가 신고했으니 내 손으로 죽여 버리겠다고, 그렇게 떠벌리고 다녔다고 한다. 실제로 몰래 따라다니는 모습이 발견되기도 했고 말이다.

"그 녀석은요?"

"가출했답니다. 확실하지는 않지만요."

어느 쪽이든 사라졌다는 뜻이다.

사람을 죽이겠다고 공언했고 그 후에 실제로 그가 죽었다. 그리고 당사자가 사라졌다.

그렇다면 범인은 뻔한 건 아닌가?

"후우."

노형진은 한숨을 쉬면서 바깥으로 나왔다.

결국 우려하던 일이 터졌다.

경찰은 이제 와서 수사를 한다지만 그들도 지역 유지와 결탁하고 있으니 제대로 수사가 될지는 두고 봐야 할 일이다.

"설사 수사가 된다고 해도 이제 와서 피해자가 살아날 수는 없겠지요."

물론 살인인 만큼 상당한 처벌이 나오기는 할 것이다.

하지만 그렇다고 해서 바뀌는 것은 없다.

피해자는 죽었고, 그들의 집은 박살이 났다.

"길어야 한 8년 나오려나요?"

무태식도 씁쓸하게 말했다.

성인 살인도 8년이 나오는 경우가 드물다.

그런데 이번 일의 경우에는 청소년이라 이것저것 선처를 요구할 테니 최하 5년이 나올 수도 있다.

한국에서 미성년자이라는 신분은 처벌을 막아 주는 일종의 마법 주문처럼 사용되고 있으니까.

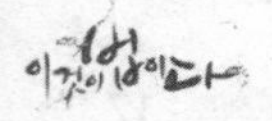

심지어 가해자의 부모조차 자녀가 범죄를 저지르면 가장 먼저 하는 말이 '죄송합니다.'가 아니라 '애들이 그럴 수도 있지.'다.

"가해자가 열네 살이라고요?"

"네."

"그러면 일찍 나오면 열아홉 살이고, 늦어 봐야 스물두 살이겠군요."

"미칠 노릇이지요."

한창때에 나와서 그들은 다시 삶을 즐길 수 있게 되는 것이다.

만일 열아홉 살에 나온다면, 그리고 감옥 안에서 검정고시를 본다면 그는 대학에도 갈 수 있다.

"해피한 캠퍼스 라이프를 보내겠네."

듣고 있던 손채림이 비꼬는 듯이 말했다.

사람을 죽이고 자기는 행복한 삶을 살아가다니.

"사람 한번 죽여 볼 만하다잖냐."

실제로 어떤 가해자가 한 말이다.

피해자는 그 때문에 자살했는데 정작 그는 2년도 안 살고 풀려났다. 그리고 그 말을 자기 블로그에 당당하게 올려놨다.

"미친놈들이 너무 많습니다."

물론 모든 가해자가 그런 건 아니다.

사실 대부분의 가해자는 법원을 갔다는 것만으로도 움츠

러들어서 더 이상 범죄를 저지르지 않는다. 하지만 그렇지 않은 20% 정도가 문제다.

“그런 놈들은 자기들이 대단한 영웅인 줄 압니다. 들어 보면 무슨 독립운동이라도 하는 줄 알아요.”

“하아…….”

사회적으로 보면 모든 사람이 성향이 다르다.

열 명을 기준으로 보면 두 명 정도는 태생적으로 선하다. 그리고 두 명은 태생적으로 악하다. 나머지 여섯 명은 회색이다.

그런데 사회 상황에 따라서 바뀌는 이 여섯 명이 문제다.

만일 악한 사람이 이득을 보는 경우, 이들의 성향은 악으로 변한다. 그리고 범죄에 적극적으로 가담하게 된다.

이런 사람들은 자신들에게 불이익이 오면 최소한 안 하려고 하기는 한다.

진짜 문제는 태생적으로 악한 두 사람이다.

‘이런 녀석들은 답이 없지.’

이런 작자들은 아무리 선도를 해 주려고 해도 선도 자체가 불가능하다.

태생적으로 악한 사람이다. 소시오패스, 사이코패스 등, 정신과적으로 불안정한 사람들이 이들이다.

문제는 학교에서 그런 걸 걸러 내지 않는다는 것.

그리고 범죄를 은폐하려고 한다는 것.

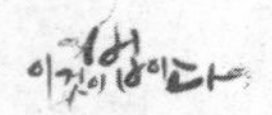

사회가 범죄자가 이익을 얻기 좋은 구조로 되어 있으니 당연히 분위기가 악으로 기울고, 학교가 개판이 되어 가는 것이다.

"이번 일은 어떻게 해서든 막아야 하는데……."

지금이야 한 명이지만 이 일이 심해질수록 피해자는 더 늘어날 것이다.

그리고 그 피해는 단순히 돈을 빼앗기는 수준을 넘어서, 지금처럼 살인까지 가는 일이 흔하게 벌어질 것이다.

"생각을 해 봐야지요."

노형진은 눈을 찡그리면서 말했다.

답을 구하기에는 너무나 힘든 일이었다.

⚖

"법으로 안 된다니……."

손채림은 우울하게 중얼거렸다.

모든 것은 법으로 해결될 수 있을 것 같았다. 그런데 법으로 안 되는 게 있다고 하니 참으로 갑갑한 모양이었다.

"법은 완벽하지 않아. 법으로 안 되는 경우도 많아. 더군다나 법을 운영하는 것은 사람이야. 법이 완벽하다고 해도 사람이 그걸 처벌할 생각이 없다면 법은 무용지물이야."

"변호사가 할 말은 아닌 것 같은데?"

"변호사가 하는 말이 아니라 경험자가 하는 말이야. 넌 안 그래?"

"그렇기는 해."

이번 사건은 법이 불완전해서 벌어진 게 아니다.

법에는 폭력에 대한 처벌이 명시되어 있으니 그대로만 따른다면 학교 폭력을 뿌리 뽑는 것은 어려운 게 아니다.

"문제는 사람이지."

법이 미흡해서 처벌이 이루어지지 않는다면?

그러면 법을 만들거나 고치면 그만이다. 간단하다.

하지만 사람이 문제여서 그 법이 제대로 작동하지 않는다면?

그럴 때는 법에 기댈 수가 없다.

'이대로 그냥 둘 수는 없어.'

물론 다른 방법을 찾아볼 수는 있다.

하지만 시간도 오래 걸리고, 무엇보다도 그걸 최종적으로 판단하는 것은 판사들이다.

'판사들이 또다시 선처 운운한다면 답이 없지.'

판사가 처벌을 안 하겠다고 버틴다면 변호사인 자신들이 할 수 있는 것은 없다.

물론 큰 거 한 건이라면 차라리 판사에게 압력을 행사하거나 판사의 뒤를 캐거나 해서 처벌을 요구할 수도 있다.

'하지만 이번에는 아니란 말이지.'

판사 회의에서 대놓고 처벌의 한계를 못 박아 버렸다. 개

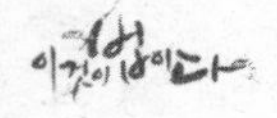

개인의 판사에게 따져 봐야 의미가 없다.

"때로는 법보다 주먹이지."

"헐?"

노형진이 생각하다가 뭔가 떠오른 듯 중얼거리자 손채림은 깜짝 놀랐다.

"농담이야?"

"진담이야."

"넌 변호사잖아?"

"변호사니까 아는 거야. 전에 내가 말하지 않았나, 상대방이 미친놈인데 이쪽에서 바른말 해 봐야 의미가 없다고?"

"그건 그렇지."

"미친놈을 상대할 때 가장 좋은 방법은 같이 미친 짓 하는 거야."

미친놈이 사람을 칼로 찔러 죽이려고 하는데 거기에 대고 법적으로 살인이 금지되어 있다거나 자식을 생각하라고 설득할 틈은 없다.

일단 두들겨 패서 제압하고 난 후에 설교하는 게 맞지, 칼에 찔려 죽어 가면서 회개하라고 외쳐 봐야 무슨 소용이 있단 말인가?

"모 대통령도 그랬잖아, 옛날부터 미친개에게는 몽둥이가 약이라고."

"하지만……."

물론 가장 확실하게 좋은 방법이다.

아무리 미친놈이라고 해도 당장 자기가 두들겨 맞는데 상대방을 죽이려고 덤비지는 않는다.

특히 이런 왕따를 시키는 학생들의 경우, 대부분 자신에게 저항할 능력이 안 되거나 부족한 학생들을 괴롭힌다.

저항할 수 있는 아이들은 절대로 건들지 않는다.

"그러니 일단은 두들겨 패는 게 중요할 것 같아."

"허얼?"

노형진답지 않은 과격한 말에 손채림은 깜짝 놀랐다.

하지만 노형진은 짜증이 나고 있었다.

'이건 무슨 도돌이표도 아니고.'

그가 직접 해결한 왕따 사건만 몇 건인지 모른다.

그럴 때마다 세상은 가해자를 보호하고 피해자를 쫓아 보내려고 혈안이 되어 있었다.

담임이라는 작자는 범죄자도 자기 제자라는 말로 포장하고, 가해자 부모는 '애들이 싸우면서 클 수도 있지.'라고 포장한다. 교장은 학교의 명예 운운하며, 경찰은 '애들이 싸울 수도 있지.'라면서 무시한다.

다 참아 가면서 어떻게 해서든 고쳐 왔는데 이제는 판사들까지 우리는 처벌 못 한다고 하니, 소위 말하는 '깊은 빡침'이 몰려온 상태였다.

'그렇게 너희들이 처벌할 생각이 없다면…….'

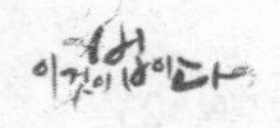

노형진은 눈을 크게 떴다.

'바늘 도둑이 소도둑 된다고 했다. 그렇다면 차라리 소도둑으로 만들어서 처넣어 버려 주마.'

⚖

"뭐라고?"

한만우는 노형진의 말에 약간 당황했다.

어지간한 일에는 당황하지 않는 그였지만 이건 당황하지 않을 수가 없는 부탁이었다.

"조직을 키우라고?"

"네."

"지금 농담하나?"

물론 자신들이 조직을 키워야 하는 건 맞다. 노형진과 함께 전국구급으로 성장의 기회를 노리고 있다.

실제로 몇몇 조직들을 흡수하고 있었고, 경찰은 뒷세계의 관리를 조건으로 묵인해 주고 있었다.

그거야 그런데…….

"아니, 중삐리 고삐리는 받아서 뭐, 어쩌라고? 우리 조직이 무슨 애들 봐주는 보육원인 줄 알아?"

노형진의 부탁은 다름 아닌 학생 조직원을 받아 달라는 것이었다.

“뭐, 어차피 항쟁을 하려면 필요하지 않겠습니까?”

“무슨 소리야, 항쟁이라니? 우리 죽이려고 작정했나?”

용화파가 항쟁을 할 이유가 없다.

세력이 어마어마하게 커진 것도 커진 것이지만 공연권을 운영하기 때문에 다른 조직들과 사이도 좋다.

흡수한 조직도 항쟁을 통해서 흡수한 게 아니라 그 지역의 공연권을 보장해 주는 조건으로 평화롭게 흡수한 것이다.

그리고 사실상 전국구급으로 나가고 있는 용화파가 항쟁에 휘말리면 그건 평범한 싸움이 아니게 된다.

“노 변호사, 경찰이랑 손잡고 교통정리 해 준 건 당신이야. 기억 안 나? 벌써 치매라도 온 건가?”

“그럴 리가요.”

애초에 경찰이 어느 정도 조직은 묵인해 준다고 하지만 전국구급은 그럴 대상이 아니다.

그래서 노형진은 그들을 경찰과 협조시켜서 뒷세계를 관리하는 조건으로 묵인하도록 해 줬다.

“그런데 거기서 항쟁을 해 보게. 경찰이 내 목을 그냥 둘 것 같나?”

“압니다. 하지만 조직 간의 항쟁이 아니라면 이야기가 달라지지요.”

“응?”

“학교에 있는 일진 놈들 좀 털어 내려고 하는 겁니다. 그리고 그쪽 지역 인맥도 좀 잘라 내구요."

"일진? 그 새끼들은 왜?"

"문제가 많아서요."

노형진은 사정을 설명했다.

그 말을 들은 한만우는 눈을 찌푸렸다.

"자네, 그게 얼마나 민폐인 줄 아나?"

"네, 압니다."

"그 새끼들은 떡대로도 못 써. 짐짝이야, 짐짝."

떡대란 전쟁 중에 선두에 서서 칼을 받아야 하는 최하급 조직원들을 뜻한다.

오로지 위압만 목적으로 하기 때문에 근육량보다는 살을 찌우는 위주로 움직여서 떡대라고 불린다.

"압니다."

사람들은 일진이 조폭이 된다고 생각한다. 그리고 일진들도 그게 꿈이다.

하지만 현실은 언제나 시궁창인 법.

"그런 꼴통 새끼들은 우리도 곤란한데."

소위 일진이라고 목에 힘주며 다른 아이들을 괴롭히는 녀석들은 조직 생활에 적응하지 못하는 타입이다.

그래서 그들은 조폭이 되어서 떵떵거리면서 사는 것을 원한다.

그런데 생각해 보면 말도 안 되는 게, 조직폭력배는 어떤

면에서는 군대보다 훨씬 더 억압적인 부조리한 조직 문화를 가지고 있다.

학교도 못 버텨서 엇나가는 놈들이 그런 조폭의 문화에 적응하기 쉬울 리가 없다.

“진짜 중삐리 고삐리 데려다가 쓰는 조폭들은 조폭 축에도 못 끼는 곳들이야. 세력을 늘릴 방법이 없으니까 그런 걸 쓰는 거야.”

기본적으로 조폭도 먹고살아야 할 수 있다.

그런데 그걸 지원해 주지 못하니 철모르는 애들을 동원하는 것이다.

“그렇다고 그 애들이 도움이 되느냐? 그것도 아니야. 싸움 한번 하고 나면 비명 꽥꽥 지르면서 도망 다닌다고.”

한만우는 코웃음을 쳤다.

그도 그런 녀석들을 봤다.

하지만 진짜 조폭이 된 일진 중에서 살아남아서 버티는 놈은 백 명 중 한 명이나 될까 말까다.

대부분은 칼에라도 스치면 똥오줌을 갈기면서 엄마를 찾는다.

“압니다.”

“안다고?”

“전 진짜로 그놈들을 조폭으로 만들려고 하는 게 아닙니다.”

“그럼?”

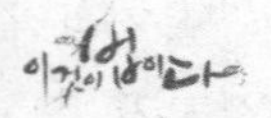

"충격요법이지요."

"충격요법?"

"네."

"아니, 왜?"

"이대로는 박멸이 안 되니까요."

"그게 우리랑 뭔 상관이야?"

"상관이 있지요. 돈이 될 겁니다."

"돈?"

돈이라면 말이 달라진다.

한만우는 기대앉았던 몸을 노형진 쪽으로 기울였다.

"그래, 이야기를 한번 해보게."

"간단하게 표현하자면, 소도둑 만들기 프로젝트라고 할 수 있지요."

"응? 소도둑? 아니, 웬 소도둑?"

"바늘 도둑이 소도둑이 된다고 하지 않습니까? 바늘 도둑은 처벌하지 않지만 소도둑은 처벌하지요."

노형진은 한만우에게 차근차근 설명하기 시작했다.

그 이야기를 들으면서 한만우는 자신도 모르게 키득거렸다.

"그러니까 애초에 헛생각하지 말고 공부나 하라 이거군."

"제 말이 그겁니다. 현실을 알려 주는 것만큼 확실한 갱생 방법이 있을까요?"

"그리고 우리는 피해자 부모들에게서 일종의 사례금을 받고?"

"네."

"자네, 그거 불법인 거 알지?"

한만우는 딱 잘라서 말했다.

혹시나 나중에 말하면 곤란하기 때문이다.

"알지요."

"그런데도 할 건가?"

"때로는 법보다 주먹이 가까운 법이거든요."

"그렇단 말이지."

한만우는 씩 웃었다.

"차라리 잘된 걸 수도 있겠군."

"그런가요?"

"그래. 안 그래도 그런 고삐리 새끼들 때문에 머리가 아프거든."

"네?"

"재미있는 거 보여 줄까?"

그는 노형진을 데리고 창문으로 향했다. 그리고 슬쩍 바깥에 있는 학생들을 가리켰다.

'응?'

노형진은 그들을 보고 고개를 갸웃했다.

아까 들어오면서 본 아이들이다.

"저 아이들은?"

"어떻게 알았는지 여기에 우리 사무실이 있다는 걸 알고 조폭이 되겠다고 오는 아이들일세."

"허얼?"

"세상 물정 모르는 놈들이지."

한만우는 그들을 내려다보면서 차갑게 말했다.

"조폭이 되면 세상이 바뀌는 줄 알아. 하긴, 주먹으로 어른을 협박하고 돈을 빼앗고, 그걸로 떵떵거리는 줄 알겠지."

조폭은 배고픈 직업이다. 민간인에게 피해가 가면 경찰이 그냥 두지 않기 때문이다.

주먹질은 쌍팔년도에나 먹히던 방식이다. 그래서 지금의 조폭은 거대 업체들과 선이 닿아 있지 않으면 사실상 백수나 마찬가지다.

심지어 어떤 조폭들은 조직을 운영하기 위해서 노가다를 뛰기도 한다.

"기존 질서에 대항하는 게 얼마나 무서운 일인지 모르는 모양이야."

한만우의 얼굴에는 명백한 비웃음이 서려 있었다.

"그렇겠지요."

저 나이대의 아이들은 기존 질서에 저항하는 존재를 무슨 영웅처럼 생각한다.

그래서 일진이라는 아이들은 질서에 저항한답시고 자신들보다 약한 사람들에게 폭력을 행사함으로써 자신을 영웅처럼 느끼곤 한다.

하지만 그들은 자신들이 미성년자라는 방패 안에서 보호받고 있다는 걸 모른다.

어른이 되는 순간, 그들은 기존 질서에 저항하면 부딪히는 어마어마한 처벌을 감당해야 한다.

"그리고 의외로 그걸 버티는 건 저런 애송이들이 아니야."

저런 아이들은 그걸 버티고 끝까지 가지 못한다. 대부분 그저 주먹만 휘두르다가 감옥에 가서 전과를 달고 인생이 망가지는 것으로 끝난다.

끝까지 버티는 건 머리 좋은 놈들이다. 저항을 하되, 상대와 손잡을 줄 아는 놈들.

"저런 아이들이 많은가 보군요."

"많지."

어떻게 알고 오는지는 모르겠지만 적지 않다고 했다.

"그리고 대부분은 일진이지."

"이해가 갑니다."

하긴, 일진이 아니면 조폭들의 세계에 들어오려고 여기까지 오지도 않겠지만.

"그러고 보니 일진이라는 놈들 사이에 미친 소리가 퍼진다고 하더군. 그래서 하고 싶다는 새끼가 들었다는 이야기도 있고."

"미친 소리라면……?"

"조폭이 되면 걸 그룹도 맘대로 따먹을 수 있다던가?"

"크."

노형진은 순간 웃음이 나왔다.

아마도 공연권을 이쪽에서 쥐고 있으니 그럴 수도 있다고 생각하는 모양이다.

"진짜 세상 모르는 놈들이군요."

"그래."

세상은 자본이 이미 꽉 잡고 있다.

조폭의 주먹? 현대에서 그건 자본에 밀릴 수밖에 없다.

그리고 공연을 하는 걸 그룹 뒤에는 대룡이라는 초거대 자본이 있다.

그런데 그들을 건드린다?

물론 과거, 조폭들이 연예계에 발을 많이 들여놓은 시기도 있었다. 그리고 그때는 성 상납이 흔하게 벌어지곤 했다.

하지만 그때도 성 상납 같은 건 가진 놈들을 위한 일이었지, 아무것도 없는 하위 조폭은 성 상납은커녕 연예인 그림자도 보기 힘들었다.

하물며 지금 조폭들은 연예인 구경은커녕 금이야 옥이야 지키느라고 팬들에게 밟혀 가면서 고생고생하고 있다.

"그래서 전보다 더 많이 찾아온다네."

"발정 났군요."

"그래, 발정 난 거지. 저 나이대가 그럴 때이기는 하지만 저 떨거지 좀 떨어냈으면 했는데, 자네가 해 주면 고맙겠군."

"하하하."

"하여간 자네는 머리가 좋아."

한만우는 노형진을 우호적인 얼굴로 바라보았다.

사실 노형진의 계획은 이 세계의 이해가 동반되지 않으면 만들어질 수 없는 것이다. 그만큼 그가 이 세계를 이해하고 있다는 뜻이고, 동시에 자신들과 함께 가겠다는 뜻이기도 하다.

"그러면 애들을 얼마나 동원할 수 있겠습니까?"

"뭐, 우리랑 제휴한 조직들에 작은 소일거리라고 소개해 주면 해 주기는 할 걸세. 어차피 인력이야 노는 놈들인데."

어깨를 으쓱하는 한만우.

"그러면 바로 움직이지요."

각 학교별로 갱생해야 하는 놈들이 적지 않다.

그런 놈들을 모으려면 시간이 좀 걸릴 테니 서둘러야 했다.

⚖

"야, 소문 들었냐?"

"무슨 소문?"

"용화파에서 조직원 모은다던데?"

일진들은 고개를 번쩍 들었다.

일진들의 꿈이라고 하면 당연히 조폭이 되는 것이다.

그러니 그런 그들에게 이런 소식은 마치 기다리던 공모전이 시작되었다는 소리를 들은 작가와 같은 기분이 들기에 충분했다.

"뭐? 그게 사실이야? 누구한테 들은 거야?"

"형님한테 들었어."

"형님? 누구? 석두 형?"

"응. 우리가 정보 얻을 만한 사람이 누가 있겠냐?"

석두는 이들의 선배였다.

사실 그는 아이들에게는 조직에서 일한다고 거들먹거리고 있지만 현실은 술집에서 경비나 서는 처지였다.

하지만 어찌 되었건 선배이고 그들이 꿈에 그리던 조폭이 된 사람이었기 때문에, 일진들은 그런 석두를 우러러보고 있었다.

"석두 형이 한 말이라고?"

"그래."

"우와, 짱이다."

석두에게서 용화파가 몇십 년 만에 전국구급 조폭으로 성장하고 있다는 이야기는 몇 번이나 들었다.

그래서 그런 곳에 들어갈 수 있다면 좋겠다고 몇 번이나 생각했고, 이미 그곳에 들어간 석두는 후배들에게 거들먹거릴 수 있었다.

다른 조직으로 가서 가난해지는 바람에 노가다 뛰어서 먹고사는 게 아니라, 용화파는 진짜로 먹고살 만큼 돈을 줬기 때문에 생색을 낼 수도 있었던 것이다.

"우리도 지원해 볼까?"

"그럴까?"

"하지만 그랬다가 떨어지면?"

"어차피 손해 보는 건 없잖아."

"그건 그렇지?"

어차피 손해 보는 것은 없다.

자신들이야 들어가면 좋고, 못 들어가도 어쩔 수 없는 것 아닌가?

어차피 공부와는 담을 쌓은 삶이다. 그런 그들에게 조폭이 되는 것은 가장 확실하게 성공하는 지름길이었다.

"생각해 봐, 우리도 형님들처럼 번지르르하게 다닐 수 있다고."

"음……."

외제 차를 끌고 예쁜 여자를 옆에 끼고 살아가는 호화로운 삶. 그게 그들이 꿈꾸는 삶이다.

물론 현실은 그렇지 않지만, 그들은 아직 그런 걸 모른다.

"지원부터 해 보자."

"그러고 보니 다른 곳에서도 모은다고 하던데?"

"헐? 진짜 전국구급으로 나가려나 봐."

다른 학교에서까지 모은다면 그 숫자가 어마어마할 것이다. 그렇다면 진짜로 전국구급이 될 것이다.

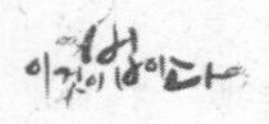

숫자로는 수천이 될지도 모른다. 어쩌면 수만이 될지도.

'나도 그런 사람들과 함께…….'

그러면 영화에서처럼 떵떵거리면서 양복을 입고 활동하게 될지도 모른다는 생각에 그들은 몸이 달아올랐다.

"어떻게 지원하지?"

"형님한테 물어보지, 뭐."

그들은 그렇게 자신도 모르게 함정으로 기어들어 가고 있었다.

⚖

"여기까지 오느라고 고생했다."

한만우의 말에 일진들은 침을 꿀꺽 삼켰다.

설마 진짜 보스가 나타날 줄이야.

"너희들은 이제부터 우리 조직의 미래를 책임질 동량이다. 그걸 위해서 훈련을 할 것이다. 질문 있나?"

하지만 그들은 아무 질문도 하지 못했다.

상대방은 거대 조직의 보스인 반면, 자신들은 이제 들어온 신참도 아니고 그냥 연습생 같은 존재들이다. 그런데 질문?

학교에서 선생님들에게도 하지 못하던 걸 한 조직의 보스에게 할 수 있을 리 없다.

"그러면 이제부터 훈련을 시작하도록 하지."

한만우는 그렇게 말하면서 뒤로 빠졌다.

"일단은 간단하게 맷집부터 키우자."

"네? 그게 무슨……?"

"조폭 생활하면서 설마 맞고 비명 지르려고 하는 건 아니겠지?"

한만우가 뒤로 빠지자 앞으로 나선 남자는 히죽 웃으면서 들고 있던 물건을 보란 듯이 들어 올렸다.

둥그런 마포 자루에 파이프 보호용 얇은 스펀지를 감싼 물건이었다.

"첫날이니 살살 할게. 처음에는 이걸로 때리다가 나중에는 이걸 없앨 거야. 그리고 그다음에는 각목이랑 쇠 빳다로 때릴 거다."

일진들은 얼굴이 사색이 되었다.

설마 때리리라고는 생각도 못 했던 것이다.

"자, 잠깐만요! 저희는 그런 이야기를 들은 적이…… 크헉!"

누군가 말을 꺼냈지만 질문이 끝나기도 전에 바닥을 나뒹굴었다.

"누가 질문하라고 했나? 너희들이 질문할 짬밥이나 될 거라 생각해?"

"아니…… 아닙니다."

"그래? 그렇지? 그러면 맞자."

그가 날 듯이 달려들자 그 뒤에 있던 다른 조폭들 역시 일

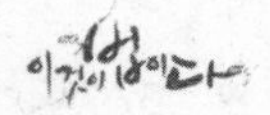

진들에게 달려들었고, 곧 사정없는 매타작이 벌어졌다.

"크아악!"

"아아악!"

"잘못했어요! 잘못했어요!"

아이들은 비명을 질렀지만 누구도 멈추지 않았다.

약간 떨어진 곳에서 그 광경을 지켜보고 있던 노형진은 혀를 내두를 수밖에 없었다.

"아주 제대로 본격적이네요."

"조폭이 되고 싶다고 하니 실전적으로 해 줘야지."

한만우는 담배를 꼬나물면서 말했다.

진짜 조폭이 되려면 벌써 살려 달라는 소리가 나오면 안 된다.

그런데 이미 저쪽은 살려 달라는 소리에 곡소리에 엄마 소리에, 개판이었다.

"쯧쯧, 요즘 새끼들은 근성이 없다니까."

"애들이니까요."

"내가 조폭이 된 게 고 2 때야."

"헐."

"뭐, 난 그러지 않으면 죽을 상황이었으니까."

그는 더 이상 말하기 싫은지 조용히 담배에 불을 붙였다.

"자네도 자네지만 나도 대충은 안 해. 군대도 모르는 놈들이 군대 체험 학습 가서 '군 생활 할 만해.' 같은 개소리하는 것처럼 대충 굴리는 시늉만 하지는 않을 걸세."

"그 말은?"

"전통 방식 다 따라가야지. 솔직히 저 안에서 어떤 놈은 살아남을지도 모르거든."

"그렇지요."

노형진은 고개를 끄덕거렸다.

갱생, 아니 현실을 알려 주기 위해서 하는 일이기는 하지만 저 안에서 이 악물고 버텨서 진짜로 조폭이 되는 놈도 있을지도 모른다.

그런 놈들을 받아 줘야 하는 것은 한만우다. 그러니 그도 그냥 대충 할 생각은 없을 것이다.

"자네 계획에는 따르겠지만, 내 쪽에서도 할 건 확실하게 할 걸세."

"그렇게 하세요."

노형진은 말리지 않았다, 어차피 그게 목적이었으니.

"형님, 물건 사 가지고 왔습니다."

때마침 뒤에서 들려오는 목소리에 노형진은 무심결에 고개를 돌렸다. 그리고 조직원의 등에 잔뜩 올려진 짐을 보고 깜짝 놀랐다.

"이건 뭡니까?"

"보면 모르나? 밥이지."

"네? 하지만 이건……."

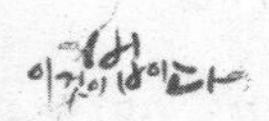

"그냥 콘플레이크라고 생각하면 되는 거야."

"……."

"기본대로 한다니까."

노형진은 왠지 불쌍하다는 시선으로 일진들을 바라볼 수 밖에 없었다.

⚖

"이게 뭡니까?"

"콘플레이크."

하루 종일 두들겨 맞은 일진 무리는 힘겹게 숙소로 들어왔다.

지금이라도 도망가고 싶었지만 산속에 있는 조직원 훈련 합숙소라 도망갈 곳도 없었고, 주변에서 지키고 있어서 도망갈 방법도 없었다.

그런 그들 앞에 놓인 음식은 상상을 초월하는 것이었다.

"콘플레이크요?"

"그래."

그들을 담당하는 조폭의 말에 다들 어이가 없었다.

물론 형태가 비슷하기는 하지만 콘플레이크는 아니었다. 냄새도 고약하고…….

"이게 아무리 봐도…… 돼지 사료인데요?"

당혹해서 말하는 한 사람.

최소한 콘플레이크는 아니라고 생각하던 다른 일진들의 얼굴은 사색이 되었다.

돼지 사료라니?

“그냥 콘플레이크라고 생각하고 처먹어, 이 새끼들아.”

“하지만 이건 음식도 아니잖습니까?”

돼지 사료를 물에 만 것. 그게 저녁이었다.

최소한 밥은 먹여 줄 거라 생각한 일진들은 당황했다.

“너희들이 밥이나 처먹을 짬밥이나 되는 줄 알아?”

“네?”

“너희들은 여기서 나가면 바로 양복 입고 수금하러 다니는 줄 알지?”

조폭은 피식하고 웃었다.

“너희는 잡부야. 이제 막 들어온 잡부. 그런 잡부들에게 제일 필요한 게 뭔지 알아? 떡대야, 떡대. 덩치가 있어야 떡대 노릇을 하지!”

“하지만…….”

“너희 같은 애새끼들의 덩치를 키우는 데 시간이 얼마나 걸릴 것 같냐?”

“…….”

“제일 빠른 게 이거야. 그러니까 입 닥치고 처먹어.”

“…….”

틀린 말은 아니다.

애초에 돼지 사료는 돼지를 빨리 살찌우기 위해서 만들어진 것이니까.

"……."

자신들의 꿈과 전혀 다른 이야기에 일진들은 입을 쩍 벌렸다.

그러나 아무리 그렇다고 해도 선불리 돼지 사료에 입을 댈 수는 없었다.

인간의 존엄성 자체가 부정당하는 그런 기분이 들었기 때문이다.

물론 조폭들은 그걸 그냥 두고 보지 않았다.

"먹기 싫어?"

"네……. 최소한 밥이라도……."

"허, 이 새끼들 봐라?"

조폭은 씩 웃으면서 몽둥이를 들었다.

"이 새끼들, 아직 덜 처맞았네."

"허억."

"자…… 잘못했어요."

"늦었어, 이 새끼들아!"

그들에게 이미 몽둥이가 쏟아지고 있었다.

진정한 리얼리티

"헉헉헉……."

일진들은 죽을 것 같았다.

툭하면 두들겨 맞고, 먹는 건 돼지 사료를 물에 만 것뿐이고 체력 단련이라는 이름으로 매일같이 운동만 시켰다.

낙오라도 하면 날아오는 건 몽둥이찜질.

"젠장…… 이렇게는 못 살겠어."

"하지만 도망갈 수도 없잖아."

아무리 울고불고해도 조폭들이 봐주지 않자 몇몇은 도망을 가려고 했다.

그러나 이곳은 그들의 구역이었기에 도망은커녕 나가자마자 걸려서 연대책임으로 개같이 맞았다.

몇몇은 싸워서 꺾고 도망가자고 했지만, 숫자가 아무리 많아 봐야 고작 학생들인데 조폭들과 싸움이 될 리 없었다.

결국 그들에게 남은 것은 또 매타작뿐.

"씨발…… 씨발……. 여기서 나갈 수만 있다면 뭐든 하겠어."

그들은 그러면서 눈물을 흘렸지만 현실적으로 할 수 있는 것이 없었다.

그런 그들에게 하늘에서 동아줄이 내려온 것은 그때였다.

"너희들, 나와! 일이다!"

"오!"

일이라는 말에 그들은 바깥으로 나왔고, 얼굴에는 기대가 서렸다.

"학교별로 서 봐."

"네."

그들은 너도나도 뭉쳐서 학교별로 섰고, 조폭은 그들을 보면서 천천히 입을 열었다.

"일거리가 들어왔다. 너희들은 지금부터 조직의 일을 하러 간다. 일을 잘하면 그만한 대가가 돌아올 것이다."

"대가라고 하면?"

"잘하면 삼겹살 파티다. 물론 밥도 주도록 하지."

일진들의 입에 침이 고이기 시작했다.

지긋지긋한 돼지 사료에서 벗어날 수 있다는 생각에, 벌써 뭐든 할 수 있을 것 같은 기분이 들었다.

"무슨 일인가요? 바로 할게요!"

"저도요! 할 수 있어요!"

"저도 시켜 줘요! 저도!"

너도나도 외치는 일진들.

그리고 그들을 나눈 조폭들은 왠지 알 듯 모를 듯 한 미소를 지었다.

"아, 간단해. 흥신소를 통해서 일거리가 들어왔는데, 애들을 괴롭히는 애송이들을 몇몇 처바르는 거야."

"네?"

"그게 무슨……?"

다들 당황했다.

애들 괴롭히는 애송이들이라니?

왠지 몇몇은 그 부분에서 싸늘한 감정을 느껴졌다.

"흥신소를 통해서 학교에서 애들을 왕따하며 괴롭히는 애들을 손봐 달라는 의뢰가 들어왔다. 그걸 너희가 해야겠어."

"네? 어째서……?"

그들은 주저했다.

그럴 수밖에 없는 게, 그러한 행동들은 바로 자신들이 하던 행동이었기 때문이다.

그러나 자신들은 여기에 있고 자신들에 대해서 자신들이 보복할 수는 없는 노릇이니 그 대상은 학교에 남아 있는 다른 애들이라는 뜻이다.

"어……."

일진이라고 다 조폭을 꿈꾸는 건 아니다.

진짜 악질적인 놈들은 지원했지만, 애들에게서 돈을 빼앗는 정도로 만족하는 놈들은 학교에 남았다.

그러니 의뢰가 들어왔다는 것은 그들에 대한 보복이라는 건데.

'어떻게 하지?'

그 말은 린치를 가해야 하는 사람들이 자신들의 친구라는 뜻이다.

물론 친구라고 표현해도 된다면 말이다.

"그러면 각자 다른 학교로 가면 되나요?"

그들은 혹시나 하는 마음에 말했다.

그렇게 된다면 서로 모르는 사이니까 가능하겠다고 생각했으니까.

하지만 그런 그들에게 무서운 말이 떨어졌다.

"아니, 각자 자기 학교로 간다."

"헉!"

"어째서요!"

그건 절대로 하고 싶지 않은 일이었다. 아는 사람과 싸우라니.

그렇지만 조폭들에게도 이유가 있었다.

"우리가 왜 너희들을 쓰는데?"

"네?"

"너희들이 집단으로 린치해도 학교에서는 자기들끼리 싸운 거라면서 덮을 거 아냐, 안 그래?"

"……."

부정할 수가 없었다.

자신들이 애들을 패고 괴롭힐 때마다 학교에서는 그 일 자체를 덮으려고 노력했다. 이번에도 마찬가지일 것이다.

"만일 다른 학교 애들이 가면 끼리끼리 싸운 게 아니라 외부에서 싸움 건 게 되거든. 짭새 새끼들이 끼면 곤란해. 그리고 너희들은 아직 미성년자라 잡혀 봐야 어차피 훈방이야. 단순한 또래 싸움이 되는 거지."

"……."

"마지막으로 시험이다."

"시험?"

"자기 주변도 끊어 내지 못하는 새끼들이 조폭을 한다고? 개소리하지 말라고 해. 자기 주변부터 잘라 내고 증명해야지. 그래야 너희들을 믿고 받아 주지."

"……."

틀린 말이 없었기 때문에 서로 눈치만 보기 시작했다.

하지만 이미 조폭들은 봐줄 생각은 없어 보였다.

"물론 애 하나 죽이라는 게 아니라 손만 봐 주는 거니까 연장은 안 써도 된다. 하지만 다시는 애들 건드리지 못하게 확실하게 손써 놔."

"안 하면 안 돼요?"

누군가 처량하게 말했다.

아무리 그래도 친구라고 생각했던 애들이다. 그러니 자신들이 가서 손봐 준다는 게 너무 부담이 되었다.

"하기 싫으면 조직에서 나가면 돼."

"그러면……."

안 그래도 매일같이 두들겨 맞고 돼지 사료를 먹고 있으니 다들 나가려고 했다.

하지만 그다음 순간, 그들은 할 말을 잊어버렸다.

"대신에 병신이 되어야지."

"병신요?"

"그래. 조직에서 나가는 게 그냥 무슨 회사 그만두는 건 줄 알아? 팔다리 힘줄 정도는 끊어야 나갈 수 있다."

"……."

"하기 싫어? 누구부터 자를래?"

칼을 들어 올리며 씨익 웃는 조폭을 보면서 일진들은 울먹거리면서도 방법이 없다는 것을 인정할 수밖에 없었다.

⚖

"잔인하네."

우울한 얼굴로 차를 타고 출발하는 일진들을 보면서 손채림은 피식 웃었다.

일진으로 일진을 제압한다. 그건 노형진이 노린 바였다.

학생이라는 이유로, 그리고 명예라는 이유로 사건을 은폐하는 학교에 엿을 먹이면서 말이다.

"뭐, 보통이지."

"싸움이 그냥 쉽게 끝나지는 않을 텐데?"

"그렇겠지."

연장을 동원한 것도 아니고, 애들 주먹 싸움이 될 것이다.

하지만 지난 일주일간 싸움 훈련은 안 시켰다.

결국 공격력은 비슷할 테고, 한 번에 끝나지 않을 테니 상당 기간 싸움이 계속될 것이다.

물론 승자는 조폭 쪽 일진이 될 것이다.

일단 맷집 훈련도 했고, 훨씬 절박하니까.

"과연 학교에서 신고할 수 있을까?"

"할 수 있을 리 없지."

집단 괴롭힘도 신고를 못 하는 학교에서, 학생들끼리 폭력조직을 구성해서 패싸움했다는 걸 신고할까?

자기 학생이라는 이유로 보호해야 한다고 주장하는 선생들이, 과연 경찰을 부를까? 그럴 리 없다.

"결국은 그 둘 사이는 틀어지겠지."

제대로 틀어질 것이다.

그리고 진 쪽은 어쩔 수 없이 그들이 하던 일진 노릇을 그만둬야 한다. 그 보복으로 자신들이 맞았다는 걸 알 테니까.

그렇다고 이긴 쪽이 일진 노릇을 할까?

할 수 있을 리 없다.

그들은 조폭이다. 당연히 위에서 내려오는 일 이외에 다른 행동을 하는 데 제약이 있다.

결과적으로 학교는 아주 깨끗하게 변하게 되는 것이다.

"이이제이라고 하지, 후후후."

오랑캐를 오랑캐로 물리친다고 한다.

그렇다면 일진으로 일진을 물리치지 말라는 법도 없다.

"자, 그러면 우리의 자라나는 새싹들이 일 잘하나 보러 갈까?"

노형진은 카메라를 들면서 씩 웃었다.

"너희가 어쩐 일이냐?"

모든 일진들이 다 조폭을 꿈꾸는 건 아니다.

조폭이 되고자 했던 애들은 학교고 뭐고 다 때려치우고 가출해서 조직에 가입했지만, 그렇지 않은 애들은 학교에서 다른 아이들에게 돈을 빼앗는 선에서 만족하고 지냈다.

그런 그들에게 조직으로 간다고 떠났던 아이들이 다시 온 것은 의외였다.

"야, 왜 그래?"

오랜만에 자신을 보러 왔다면 반가워야 한다.

그런데 그들의 모습은 왠지 낯설고 어색했다.

학교의 일진들은 조직에 간 아이들에게 친근한 척 대했지만 조직 쪽 아이들은 그럴 수가 없었다.

뒤에 있는 다른 조직원 때문이었다.

"빨리 담가."

"하지만……."

"아니면 내가 너희들을 담가 줄까?"

서슬 퍼런 그 모습에 다들 입을 다물었다.

"으으으……."

"왜 그래? 저 아저씨는 뭐고?"

그 모습에 뭔가 일이 틀어졌다고 생각한 학교의 일진들은 경계하기 시작했다.

뒤에 있던 조폭은 간단하게 말했다.

"너희들이 괴롭히는 아이들의 부모들로부터 의뢰가 들어왔다. 너희들 손 좀 봐 주라고."

"에?"

그건 예상하지 못한 말이었기 때문에 다들 우뚝 멈췄다.

"고작 고삐리들 대상으로 조직이 움직이기는 그렇고, 우리 연습생들이 대신 손봐 줄 거야."

"연습생들이라고 하면……."

고개를 돌려서 친구들을, 아니 친구였던 자들을 바라보는 일진들. 조폭이 되겠다고 조직으로 갔던 자들.

그들은 묘한 표정으로 자신들을 바라보고 있었다.

"이런 씨팔 새끼들."

"씨팔이고 나발이고, 지는 새끼는 힘줄 끊는다. 고삐리 하나 못 이기는 새끼는 떡대로도 못 써. 담가."

"으으……."

"너 이 새끼들이……."

아직까지 이러지도 저러지도 못하는 조직 쪽 일진을 보면서 조폭은 한숨을 쉬더니 뒤로 고개를 까딱했다.

그러자 기다리고 있던 조폭 한 명이 각목으로 기습적으로 자기네 일진 한 명의 엉덩이를 후려 팼다.

"끄아악!"

갑작스러운 공격에 다들 깜짝 놀랐지만, 제일 먼저 떠오른 것은 매일같이 맞던 공포였다.

사실 맷집을 키운다고 하지만 맷집보다 더 먼저 몸에 새겨지는 것은 공포다.

"이건 경고다. 다음은 이거다."

기다란 사시미를 꺼내 드는 조폭들을 보고 조폭 쪽 일진들은 눈을 질끈 감았다.

애초에 우정이고 나발이고 생쇼를 했지만, 이런 인간들에게 우정이라는 것은 의미가 없다.

"씨팔!"

"으아아아!"

조폭 쪽 아이들이 달려들자 학교 측 아이들이 기겁하고 방어하기 시작했지만, 애초에 병신이 되느냐 마느냐 하는 엄청난 문제가 걸려 있는 다급한 쪽이 강한 것은 당연한 상황.

처음에는 대등한 듯했지만 파워에 밀리기 시작하면서 학교 측 애들은 바닥을 나뒹굴기 시작했다.

물론 그걸 보고 멈추는 아이들도 있었지만 뒤에서 차가운 위협이 들려왔다.

"밟아. 병신만 만들지 마."

"네?"

"손봐 주라고 했지, 손금 봐 주라고 안 했다. 밟아."

"……."

"아니면 너도 저 바닥에 같이 구를래?"

"씨파알!"

결국 쓰러진 아이들에게는 발길질이 날아들었고, 그걸 보면서 조폭들은 히죽거리면서 웃었다.

⚖

얼마 후 노형진은 송정한으로부터 재미있는 이야기를 들을 수 있었다.

"그래서 학교에서 일진 노릇 하던 새끼들이 없어졌다고요?"

"그래, 싸그리."

"참 어이가 없네요. 수년을 그렇게 박멸하려고 했는데."

"결국 애새끼들은 애새끼들인 모양이네."

경찰에 신고하거나 선생님에게 말하는 것은 아무런 효과도 없었다.

그런데 조폭을 동원해서 한번 대대적으로 밟아 버리니 찍소리도 하지 못하고 조용히 학교를 다니고 있다고 한다.

"아무래도 보복은 생각 못 하겠지요."

이미 자신의 친구였던 자들이 자신들을 공격한 것을 안다. 그리고 그 뒤에 조폭이 있다는 것도 안다.

그리고 이번에는 친구들을 동원해서 단순히 구타로 끝났지만, 그 그다음에도 조폭이 그렇게 끝내 줄 거라는 보장은 없다.

"우리 나라가 법치국가 맞나 싶네."

송정한은 안타깝다는 듯 중얼거렸다.

"수십 년을 고민하던 걸 단 하루 만에 없어지게 만들다니."

"원래 그런 겁니다. 애들은 자신들이 학생이라는 보호막에 보호받고 있다는 걸 몰라요."

사람을 병신을 만들어도 학생이면 제대로 처벌을 받지 않는 나라가 대한민국이다.

그러다가 정작 법을 지키지 않는 사람을 만나니 정신이 번

쩍 든 것이다.

"아이러니네."

손채림은 이번 사태에서 뭔가 말이 안 된다는 느낌이 강했다.

"뭐가?"

"법을 지키기 위해서 법을 위반해야 하잖아?"

노형진은 피식 웃었다.

"원래 히어로들이라는 건 그래."

"응?"

"히어로들이라는 건 말이야, 엄밀하게 말하면 범법자야."

"범법자?"

"그래. 법에서 금지하고 있는 사적제재를 가하는 셈이잖아."

"아……."

사람들은 히어로에 열광한다.

하지만 히어로들의 행동은 명백하게 범죄행위다.

범죄자를 체포하는 것은 명백한 사적제재에 들어가며, 영웅 노릇을 하다가 뭐라도 하나 부수면 재물 손괴에 해당된다.

날아다니는 것은 항공법 위반이고, 무기를 가지고 있다면 불법 무기 소지죄다.

"웃기지만 영웅이 되기 위해서는 법을 어겨야 해. 단순히 생각해 봐. 도로 건너에서 누군가 납치되고 있어. 그걸 막기 위해서는 당장 길을 건너야 하지. 그런데 그러면 무단 횡단이 되거든."

웃긴 일이지만 그게 현실이다.

"법은 지켜야지. 그건 어쩔 수 없어. 하지만 법을 지킨다는 미명하에 피해자를 방치하면 안 되는 거야."

"음……."

왠지 심오한 이야기에 손채림은 약간은 복잡한 얼굴이 되었다.

"아, 몰라. 그래서 일단 왕따는 해결된 것 같은데 다른 녀석들은 어떻게 할 거야? 학교에 남은 놈들이야 이제 찍소리 못 한다지만, 조폭이 되겠다고 학교까지 그만두고 기어 나온 애들은 보통 악질이 아닐 텐데."

"그렇지."

그런 놈들은 보통 악질이 아니다.

그런 놈들은 그냥 여기서 돌려보내면 다시 일진 노릇을 하면서 기존의 범죄를 계속 저지르게 된다.

"그러니까 끝장을 보게 만들어야지."

"끝장?"

"그래. 공포를 이기는 건 더 강한 공포거든."

노형진은 다음 작전을 생각하면서 씩 웃었다.

"씨발!"

돼지 사료를 먹던 일진들은 결국 수저를 던졌다.

"언제까지 이렇게 살아야 해?"

자신들은 조폭이 되면 정통 계파에 들어가서 승승장구한다고 생각했다. 그래서 기대하면서 들어왔는데 이게 뭔가?

나오는 음식이라고는 돼지 사료뿐이다.

그나마 나아진 것이, 물 대신 우유에 말아 주는 것이다.

문제는 그랬더니 고약한 냄새가 더 강해졌다는 것.

"쯧쯧, 조폭 되는 게 그렇게 쉬운 줄 알았냐?"

"형!"

고개를 돌려 보니 한 남자가 서 있었다.

자신들을 괴롭히던 행동대장이 아니라 자신들을 알게 모르게 챙겨 주는 형님이었다.

같은 조폭이지만 직급은 낮다고 했다.

"정통 계파라는 게 그렇게 쉬운 줄 알아?"

"하지만 이럴 줄은 몰랐죠."

"얀마, 세상 그렇게 쉬운 거 아니다. 차라리 길바닥에서 호떡을 팔아도 지금보다는 나을 거다."

"……"

틀린 말이 아니다.

숙소라고 하지만 그냥 창고에다가 침낭 몇 개 던져 주는 것이 다였다.

당연히 샤워도 못 하고, 화장실은 직접 파낸 구덩이가 끝.

“너희, 어차피 한 10년은 그냥 칼빵이야.”

“네? 칼빵이라니요?”

“말 그대로 몸빵이지, 들어가면 칼 처맞고 뒈지는.”

“헉!”

그건 예상하지 못했던 말이기 때문에 다들 얼굴이 사색이 되었다.

“조폭들은 뭐, 위쪽이 아래쪽보다 자리가 많은 줄 아냐?”

결국 아래에서 살아남은 놈들만 올라가서 윗선이 되는 것이다.

“그냥 이 악물고 버티는 거 말고는 없어.”

“…….”

“그리고 말조심해. 다른 형님이 들었으면 너희는 다 죽었어. 알아?”

“네…….”

“내가 너희 사정 봐주는 것도 한계가 있어. 도와주고 싶어도 내 짬밥이 얼마 안 되고.”

“네, 형…….”

“형님이라고 부르라니까. 우리 조폭이야. 아무리 그래도 가오를 놓치면 안 되지.”

“네, 형님.”

“좋아. 그러면 어서 먹어라.”

그러면서 작은 봉투를 건네주는 남자.

그걸 받아 든 일진들은 얼굴이 환해졌다. 거기에는 초코바가 가득 들어 있었던 것이다.

"형님!"

"얀마, 언능 먹어. 이거 준 거 알면 나 죽어. 아, 그리고 먹고 다 파묻는 거 잊지 말고."

"감사합니다."

그들은 눈물을 흘리면서 그걸 재빨리 나눠 먹기 시작했고, 그 모습을 본 남자는 씨익 하고 사람 좋은 미소를 흘렸다.

⚖

"그러고 보니 형님이 요즘은 안 보이네."

"그러게."

"아, 초코파이 먹고 싶다."

"나도."

유일하게 먹을 만한 음식을 가져다주던 사람인지라 다들 그를 그리워하고 있었다.

"그러고 보니 요즘 분위기 안 좋지 않냐?"

"뭐가?"

"사람이 많이 줄었어."

"그건 그래."

전에는 도망갈 길도 없이 꽉 막고 있었는데 지금은 여기저기 빈 곳이 많다.

그리고 왠지 사람들의 분위기도 좋지 않았다.

"무슨 일 났나?"

"그러게."

전에는 체력 단련이라고 매일같이 뛰고 구르고 맷집을 키운다고 두들겨 맞고 그랬는데 요 며칠은 그런 것도 없었다.

"뭐지?"

"아, 몰라. 우리야 좋지."

돼지 사료 나오는 건 여전하지만 그래도 최소한 몸은 편하니까 그들은 마음이 느긋해지는 기분이었다.

"이대로 쭉 지내면 좋겠다."

"무서운 소리 하지 마, 이 새끼야."

그들은 서로 낄낄거리면서 웃었다.

그때였다. 문이 열리면서 심각한 얼굴로 한 남자가 들어왔다.

"너희들, 다 튀어나와."

"네?"

"당장 튀어나와. 할 일 있어."

"무슨 일인데요?"

"잔말 말고 튀어나와."

조폭들의 말에 일진들은 엉겁결에 튀어나왔는데, 그런 그들에게 주어진 것은 다른 것도 아닌 삽이었다.

"웬 삽?"

"들고 와."

"네?"

"귓구멍이 처막혔나? 들고 오라고."

그들은 어쩔 수 없이 다른 조폭들을 따라서 깊은 산속으로 들어갔고, 그곳에서 땅을 파라는 황당한 말을 들었다.

"따…… 땅은 왜요?"

"너희가 물어볼 짬밥이야? 파라면 파."

"네."

분위기가 너무 흉흉했기 때문에 그들은 서로 눈치를 보면서 땅을 파기 시작했다.

그리고 그렇게 어느 정도 땅을 팠을 때, 그들은 산 위로 올라오는 것들을 보고 기겁했다.

"히이익!"

"시…… 시체!"

수십 구의 시체들이 무려 피범벅인 상태로 산 위로 실려 올라오고 있었다.

그걸 본 일진들은 다리가 와들와들 떨리는 것을 느꼈다.

"뭐 해, 이 새끼들아! 빨리 안 파!"

"혀, 형님…… 저거 시체 아닙니까, 시체! 그런데 왜……?"

"파라고, 이 새끼들아. 이거 파묻으려면 하루 종일 걸려."

"파묻어야 한다고요?"

"그래. 항쟁이 터졌단 말이다. 짭새 새끼들에게 '우리 사람

죽였습니다.' 하고 자랑할 일 있어?"

"……."

다들 입을 쩍 벌렸다.

조직원들이 죽인 사람을 파묻어야 한다고……?

"어서 파."

사람들은 일진들이 파 놓은 구덩이 속에 시체를 던졌고, 일진들은 눈을 질끈 감았다.

그때 그 시체 중에서 익숙한 사람의 얼굴을 본 몇몇이 비명을 질렀다.

"형님!"

아는 사람이었다.

물론 개인적으로 아는 사이는 아니다. 다만 유일하게 자신들을 사람 취급하면서 초코파이나 초코바같이, 그나마 음식이라고 할 수 있는 것을 사다 준 사람이었다.

그런데 그런 그가 피투성이가 된 채로 널브러져 있었다.

"혀, 형님……."

"죽었다고?"

"그럴 리가…… 그럴 리가……."

일진들은 말을 하면서도 인정하고 싶지 않았다.

하지만 눈을 까뒤집고 축 늘어진 사람은 누가 봐도 그 형님이라고 불리던 남자였다.

"뭐야, 아는 사이냐? 하긴, 여기 감시하던 놈이었으니. 됐

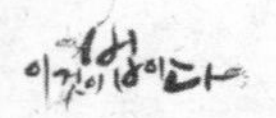

고, 시끄러워. 빨리 묻어."

"네?"

"묻으라고. 여기서 잘 거야?"

"……."

"이 새끼들아, 묻을래, 아니면 너희도 같이 묻혀 볼래?"

"흑흑흑."

일진들은 눈물을 흘리면서 시체들 위로 흙을 퍼붓기 시작했다.

결국 시체를 다 묻은 후 그들은 다리가 떨려서 움직일 수조차 없었다.

하지만 충격적인 말은 그것뿐이 아니었다.

"일단 너희들, 땅 더 파."

"땅을 더 파라고요? 지금 이게 다가 아니라구요?"

벌써 파묻은 사람이 열다섯 명은 넘는다. 그런데 땅을 더 파라니?

그 말은 다른 시체가 더 있다는 소리가 아닌가?

"이 새끼들은 귓구멍에 좆을 박아 놨나? 항쟁 중이라고, 이 새끼들아! 시체가 더 생길 건 뻔한 거 아냐?"

"허억……."

"아, 그리고 너희들도 내일부터 연장 쓰는 훈련 하자."

"연장요?"

"그래. 당장 사람이 부족하니까."

일진들은 등골이 싸늘해졌다.

방금 항쟁하면서 죽었다는 사람들을 묻은 지 채 한 시간도 되지 않았다. 그런데 더 쓸 일이 있으니 땅을 더 파 두라고 했다.

그래 놓고 자신들에게 연장 쓰는 훈련을 하자는 건, 결국 자신들도 끌려 나가서 몸빵을 해야 한다는 소리였다.

'씨발…… 그러면 저게 내 무덤이 되는 거야?'

이름도 없는 산, 아무도 모르는 장소에 그냥 이렇게 죽어서 묻혀 버린다는 생각에 일진들은 정신이 아득해졌다.

하지만 그들의 고난은 그게 끝이 아니었다.

"저건 뭐예요?"

누군가가 카메라를 들고 자신들을 찍고 있었다.

그런데 위치가 절묘해서, 자신들만 찍히고 있을 뿐 다른 사람들은 나오지 않는 위치였다.

다른 사람들은 이미 알고 있는지 그 카메라 앞으로는 절대 나오지 않고 있었다.

"보면 몰라? 카메라잖아."

"네?"

"너희가 배신하지 말라는 법 없잖아? 너희가 만일 배신하면 이걸 경찰에 찌를 거야."

다들 소름이 쫙 돋았다.

그걸 보면서 조폭들은 씩 웃었다.

"그러면 이런 집단 살인을 한 건 우리가 아니라 너희가 되는 거지."

"하, 하지만 저희는……."

사람을 죽여 본 적이 없다.

물론 때리고 협박하기는 했지만, 죽인 것과는 전혀 다른 이야기다.

"과연 짭새가 믿어 줄까? 시체를 가져다가 파묻어 버리는 게 다 찍혀 있는데?"

"……."

"배신하면 이게 짭새들한테 갈 거야. 알았냐?"

일진들은 그제야 자신들이 몸빵이라는 게 무슨 소리인지 알 것 같았다.

자신들은 조폭이 되어서 멋지게 다닐 거라 생각했지, 누군가의 살인을 뒤집어쓰고 대신에 감옥에 가게 될 수도 있다는 생각은 해 본 적도 없었다.

"뭐, 잠깐 갔다 오면 돼. 한 15년 정도면 되는 거니까."

"혀…… 형님……."

"그 정도 각오는 하고 시작했어야지."

"하, 하지만……."

"싫어? 그러면 여기서 같이 들어가서 누워. 같이 묻어 줄 테니까."

저항할 수도 없고 거부할 수도 없는 상황.

그들은 멍하니 조폭들을 바라볼 수밖에 없었다.

그러나 그들을 쳐다보던 조폭들에게서 나온 말은 차갑기 그지없었다.

"뭐 해? 안 파?"

"그……."

"빨리 파라고!"

다시금 날아오는 주먹질에 그들은 힘없이 땅을 파기 시작했다.

하지만 이미 머릿속은 공포로 꽉 차서 몸이 제대로 움직이지도 않았다.

⚖

"어쩌지? 씨발……."

"흑흑흑……."

인생이 망가진 정도가 아니었다.

진짜로 칼과 도끼를 가지고 와서 자신들에게 훈련을 시키겠다고 했다.

이대로는 항쟁에 끌려갔다가 자칫 칼에 찔리면 자신들이 판 무덤도 아닌 땅속에 파묻히는 수밖에 없어 보였다.

"도망가자."

"어떻게! 지키고 있잖아! 지금 도망가면 죽여 버린다고 했잖아!"

"씨발, 그러면 이렇게 죽을 거야? 이대로는 정말 다 죽어!"

그들은 공포에 몸을 떨었다.

더 이상 할 수 있는 게 없었다. 정말 이대로 죽는 수밖에 없는 걸까.

아무리 겉으로 멋이 들었다고 해도 결국은 아직 애들이었다.

"아……."

그렇게 한참 시간이 지났을 때였다.

"그러고 보니…… 왜 안 오지?"

"응?"

"이 시간이면 보통 점호하지 않나?"

"그러고 보니……."

자기 전에 꼭 점호를 하는 게 그동안의 통제 방식이었다. 그런데 오늘은 시간이 제법 지났음에도 불구하고 오는 사람이 한 명도 없었다.

"그러고 보니 돼지 사료도 안 온 것 같은데?"

"그러네."

저녁으로 먹을 돼지 사료조차도 오지 않은 것이 생각난 그들은 혹시나 해서 문을 살짝 열어 보았다.

"어?"

보통은 문이 열리면 밖에서 입구를 지키고 있던 사람이 호통을 치곤 했다. 그런데 입구에는 아무도 없었다.

"뭐지?"
"왜?"
"아무도 없어."
"진짜?"
"없어?"
"그래, 아무도 없어!"
다들 우르르 바깥으로 나왔다.
처음에는 조심스러웠지만 누구도 보이지 않자 다들 용기를 가지고 바깥으로 나왔다.
이 정도 되면 그래도 누군가 나와야 하는데 역시나 아무도 없었다.
"어떻게 된 거야?"
"다 어디 간 거야?"
아무리 둘러봐도 주변에 사람들이 없었다.
심지어 그들의 숙소에 가 봐도 아무도 없었다.
"튀자."
"어?"
"튀자고! 이대로 죽을 수는 없잖아."
"그, 그게……."
그들은 겁이 더럭 났다.
혹시 찾아와서 죽이면 어쩌나, 혹시나 해꼬지하면 어쩌나.
"씨발, 그럼 어쩔 건데? 이대로 끌려가서 죽을 거야?"

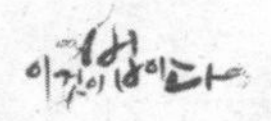

"하지만 우리가 저지른 건?"

"부모님들이 어떻게든 해결해 줄 수 있어. 막말로 우리가 죽인 것도 아니고, 그냥 시체를 묻은 거잖아. 그것도 협박받아서 말이야. 그 정도는 어떻게든 될 거야."

"그, 그럴까?"

"그래. 튀자."

누군가의 선동. 그리고 일진들은 눈이 격하게 흔들리기 시작했다.

"그렇겠지?"

지금까지 부모들이 그렇게 해 주었다.

"하지만…… 용화파는……."

"씨발, 어떻게든 되겠지!"

이대로 있으면 죽는 건 당연한 일.

그들은 마음을 독하게 먹었다.

"튀자!"

"그래."

몇몇이 나서자 그들은 서로 눈치를 보다가 너도나도 산 아래로 뛰기 시작했다.

다행히 몇 번 훈련한다고 산을 타서 길은 알고 있었다.

한 명이 뛰기 시작하자 다른 사람도 뛰기 시작했고, 채 10분도 지나지 않아서 숙소에는 단 한 명도 남지 않았다.

"잘 도망가는구먼."

한만우는 전력을 다해서 도망가는 일진을 보면서 담배를 꺼내 물었다.

“아쉽지 않습니까?”

“뭐가?”

“자라나는 새싹 아닙니까?”

“웃기는군. 조폭 되고 싶어 하는 일진 놈들이 언제부터 자라나는 새싹이 된 건가?”

그는 그렇게 말하면서 담배에 불을 붙였다.

“그리고 저런 새끼들은 들어와도 문제야.”

“그래요?”

“그래. 악도 없고 깡도 없이, 그냥 편안하니까 사회가 만만해서 ‘나 깡패 할 거야.’라고 징징거리는 졸부네 애새끼들 아닌가?”

진짜 다급해서, 이 길이 아니면 먹고살 수 없어서 오는 놈들도 적지 않다.

그런데 부모의 과보호를 받다가 세상이 만만하고 조폭이라는 이름에 반해서 기어들어 온 놈들은 제대로 된 녀석들이 아니다.

“그런 녀석들은 몸빵으로도 못 써.”

지역 유지 자식들이라면 보호받던 놈들이 제대로 몸빵을 할 리도 없거니와, 그런 일이 생기면 돈을 처발라서 경찰을 움직일 게 뻔하다.

"그래도 덕분에 일이 편해졌습니다."

"뭐, 저 새끼들은 이제 조폭의 조 자도 안 꺼내겠지. 하지만 문제가 해결된 건 아닐 텐데?"

저들이 지역 유지의 자식들인 것은 사실이다.

그러나 가장 큰 문제는 그 지역에서 애초에 일진이나 학교폭력을 처벌하지 않으려고 하는 작자들이다.

"그건 방법이 있지요, 후후후. 왜 제가 카메라를 들고 열심히 따라다녔는데요. 우리에게는 조작질이라는 아주 좋은 전통이 있습니다."

"전통?"

뭔가 고까운 얼굴로 바라보던 한만우는 다시 도망가는 아이들 쪽으로 시선을 돌렸다.

"뭐, 전통이라면 전통이지. 정치인도 다 하는데 우리라고 하지 말라는 법은 없지."

"그렇지요, 후후후."

⚖

며칠 후 인터넷에는 한 개의 동영상이 올라왔다.

그 영상의 제목은 우리 조직의 일상이라는 것이었다.

어떤 고삐리가 또 폼 잡고 올렸다고 가볍게 생각하고 봤던 사람들은 그 장면에 너무 놀란 나머지 경찰에 신고하려고 전화기로 뻗는 손이 바들바들 떨릴 정도였다.

절묘하게 편집된 동영상은 일진들이 다른 학생들을 무자비하게 구타하는 장면으로부터 시작되었다.

물론 얼굴을 가린다거나 해 주지도 않았다.

그리고 그 장면은 자연스럽게 편집되어서 그들이 산에서 시체를 묻는 장면으로 넘어갔다.

첫 번째는 다른 일진들을 구타하는 장면이고 두 번째는 시신을 묻는 장면이다. 당연한 얘기지만 그들은 조직에서 준 옷을 입고 갔기 때문에 복장도 동일했다.

그리고 마지막에는 절묘하게 그들의 대화가 함께 나왔다.

—이거 어쩌지?

—걱정하지 마. 우리 부모님들이 다 덮어 주실 거야. 지난번에도 그랬는데 이 정도 사건도 덮지 못하겠어?

—하지만 우리가 저지른 건?

—부모님들이 어떻게든 해결해 줄 수 있어. 시체를 묻은 거잖아. 그 정도는 어떻게든 될 거야.

마지막 대사가 묘하게 짜깁기가 되어 있었지만 사람들은 그걸 보면서 기겁을 했다.

누가 봐도 사람을 패서 죽인 후 묻고 나서 한 대화처럼 보였기 때문이다.

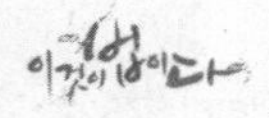

그리고 거기에 신원 미상의 누군가의 글이 마치 그림자처럼 붙었다.

—내가 술김에 우리 조직에서 했던 거 썰 푼다. 우리 조직에서 ○○ 지역에 있는 학교 교장이랑 경찰이랑 검찰 그리고 판사들이랑 손잡고 사건 몇 개 덮었다. 시체도 몇 구 날랐고. 씨발, 오밤중에 땅 파서 열다섯 구나 되는 시체 옮기느라고 존나 뺑이 쳤다. 하지만 한두 푼도 아니고 한 구당 1억이라는데, 씨발. 사람 모가지가 고작 1억이더라.

누군가 술을 먹고 올린 것으로 보이는 글, 그리고 뒤이어 동영상에 나타난 열다섯 개의 무덤.

글을 올린 사람은 뒤늦게 영상을 통해 퍼진 걸 알았는지 글을 지웠지만, 이미 캡처당해서 사방으로 동영상과 함께 퍼날라지고 있었다.

"아주 세상이 발칵 뒤집혔네."

누가 봐도 자연스럽게 이야기가 이어지는 영상이었다.

물론 전문가가 그걸 조사한다면 짜깁기되었다는 것을 아는 것은 어려운 게 아니다.

하지만 이미 국민들은 그걸 봤으니 그게 무슨 내용인지 상상하는 건 어렵지 않았다.

"재판부에서 하기 싫다면 인민재판이 답이지."

"북한이냐."

"뭐, 지금 나라 꼴을 봐서는 북한 꼴 날 것 같기는 하다만."

노형진은 키득거리면서 웃었다.

지금 해당 지역 경찰과 검찰 그리고 판사 들은 사방에서 들어오는 공격에 정신이 없을 것이다.

물론 고발이야 하겠지만, 애초에 모든 것이 조작된 거라 누가 썼는지 알지도 못할 텐데 무슨 의미가 있겠는가?

더군다나 고발해서 어찌어찌 진실을 알린다고 해도, 그 사건의 전제 조건은 그들이 일진들을 지역 유지의 아들이라는 이유로 풀어 줬다는 걸 인정하는 꼴밖에 안 된다.

"자, 이때쯤이면 슬슬 다음 떡밥을 던져야지."

"헐? 떡밥이 또 있어?"

"그럼. 내가 설마 애매하게 멈출 줄 알았어?"

"어떤 거?"

노형진은 사진 한 장을 흔들어 보였다.

그건 어떤 산을 찍은 사진이었는데, 파헤쳐진 공간들이 여럿 보였다.

"거기 그때 그 인형 묻은 거 아냐?"

"맞아."

사실 그때 일진들이 묻은 것은 시신이 아니라 영화 소품용 인형들이었다.

하지만 늦은 밤이었고 피 칠갑을 한 데다 그중 한 인형에는 그들과 친하게 지내게 한 조폭의 얼굴을 만들어서 붙이기까지 했으니 시신을 처음 본 일진들이 패닉에 빠져 진짜 시신으로 착각한 것이다.

"인형들은 어디 갔어?"

손채림은 고개를 갸웃했다.

분명히 그날 인형을 묻은 걸 알고 있다. 그런데 땅은 다시 다 파헤쳐져 있고 인형은 하나도 없었다.

"다 파냈지."

"응?"

"지금은 '썰'일 뿐이거든."

"썰?"

"그래."

동영상은 조작이라고 주장할 수 있고, 또 조작이 맞다.

녹음된 것도 조작된 것이다. 그러니 어떻게 해서든 조작이라고 주장할 수 있다.

하지만 이 땅은 아니다.

"조폭의 썰이 풀렸고 관련된 영상으로 의심되는 동영상이 돌아. 그리고 진짜로 그런 장소가 발견된다면?"

"의심은 확신이 되겠구나."

손채림은 알 것 같다는 미소를 지었다.

과거에 노형진이 한번 써먹었던 방법이다.

"이걸 이제 각 언론사로 보낼 거야, 동영상 현장을 찾았다고.

그럼 언론사는 그걸 보고 기사화하겠지. 그 후에 당연히 경찰과 검찰 그리고 재판부가 조사를 하겠지만, 증거는 없겠지."

공식 발표는 뻔하다.

동영상은 조작되었고 인터넷에 나온 썰은 그냥 헛소문이라는 것일 테니까.

하지만 언론사로 나간, 시체가 옮겨진 흔적이 명확한 이 사진에 대해서는 아무 말도 하지 못할 것이다.

"자, 이것도 막을 수 있을지 보자고."

노형진은 엔터를 누르면서 씨익 웃었다.

"이번 사건은 증거 불충분으로…… 시신도 발견되지 않았고 피해자들 역시 신고된 점이 없으며……."

경찰서 앞에서 경찰은 진땀을 흘리면서 기자회견을 하고 있었다.

추운 날씨에도 그들은 진땀을 뻘뻘 흘렸다.

'씨발…… 우리보고 어쩌라고.'

나라가 발칵 뒤집혔다.

무려 열다섯 명이나 되는 사람들이 살해당했는데 경찰은 그런 일이 없다고 발표했으니까.

"그러면 동영상은 뭐지요?"

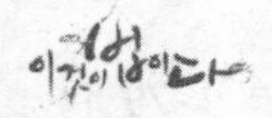

“에…… 그건 학교에서 벌어진 단순 싸움입니다. 그것 말고는 특이점은 없습니다.”

“그러면 시신을 묻은 건요?”

“그건…… 조폭들이 사주를 받아서 학생들에게 시신을 묻도록 한 거라고…….”

“그리고 그 뒤에 그 시신을 파냈다고요?”

“그렇습니다.”

“지금 그걸 조사라고 한 거예요? 장난합니까?”

듣고 있던 기자 한 명이 어이가 없다는 듯 혀를 끌끌 찼다.

그럴 수밖에 없는 게, 이건 말이 안 되지 않는가?

“조폭이 뭐가 아쉬워서 일진을 시켜서 시체를 묻어요?”

“항쟁을 했다고…….”

“그럼 시체가 열다섯 구나 나온 항쟁을 경찰이 몰랐다는 건가요?”

“그건 아니고…….”

“그럼 관련 사건은 찾았습니까?”

“아직…….”

“조폭들이 왜 애들을 시켜서 시체를 묻은 거랍니까?”

“훈련 차원이라 추정을…….”

“믿을 수도 없는 애들에게 그걸 시킨다? 신고할지도 모르는데? 애초에 그랬다면 애들이 그곳에서 나오지도 못할 텐데요? 그게 드러나면 박살이 날 텐데?”

'나도 좀 알고 싶다고…….'

이건 도무지 말이 안 된다.

조작인 건 맞는데 어떤 증거를 들이밀어도 이야기가 구성이 안 된다.

더군다나 시신을 빼 간 것으로 보이는 구덩이까지 발견되었으니.

"설마 살인범들이 지역 유지 아들이라 지역에서 쉬쉬하면서 보호한다는 게 사실인가요?"

"그게 아닙니다!"

"하지만 그들에 대해서 조사한 결과, 석연치 않은 이유로 범죄가 은폐되고 훈방 처리되었다는 게 드러났던데요? 학생들을 협박하여 수천만 원을 갈취했는데 왜 훈방 처리했습니까?"

결국 경찰은 눈을 질끈 감았다.

그런 그들에게 감사라는 폭풍이 몰려오고 있었다.

⚖

"아주 박살을 내 놨구먼."

송정한은 혀를 내둘렀다.

단순히 어떻게 길을 찾아서 처벌만 받게 할 줄 알았는데 지역 유지와 결탁했던 경찰, 검찰, 판사 들까지 모조리 모가지가 날아가게 만들었다.

그들이 조사했지만 당연히 증거 불충분으로 나왔고, 국민들은 그것에 분노했으며, 정부에서는 해당 지역에 대한 대대적인 감사를 했다.

당연히 지역 유지들과의 결탁이 드러나면서 그들은 모조리 모가지가 날아갔다.

"이제 또 장난질은 못 칠 겁니다."

"무서워서 어디 장난질을 칠 수 있겠나?"

한두 명도 아니고, 해당 지역 판사의 80%가 날아가는 사태가 벌어졌다.

경찰들 중에서 구속자만 다섯 명이 넘어갔고, 불구속 수사는 셀 수도 없는 상황.

팔이 안으로 굽는 그들의 특성을 감안하면 이러한 강도의 처벌은 실상 어마어마한 피바람이라는 뜻이다.

"일진들은 다시 수사를 받게 되었구요."

애초에 없는 사실이니 살인이나 시체 은닉 등은 처벌을 받을 수가 없을 것이다. 조작된 것은 사실이니까.

하지만 폭행이나 기존에 은폐되었던 범죄에 대해서는 다시 조사를 받게 되었고, 이번에는 실형을 피할 수 없게 되었다.

"돈도 별로 안 들었지요. 뭐, 돼지 사료랑 인형 빌리는 값 정도?"

"돼지 사료?"

손채림이 고개를 갸웃했다.

"아니, 웬 돼지 사료?"

"크…… 그런 게 있어. 이번 사건의 1등 공신이야."

"엥? 왜 돼지 사료가 1등 공신이야?"

"잘 먹더라고. 전생에 돼지들이었나 봐. 으하하하!"

노형진의 알 수 없는 개그에 두 사람은 그저 어리둥절할 뿐이었다.

8 대 2

"오오!"

노형진과 손채림은 야구장에 와 있었다.

주말에 가끔 야구를 보러 오는 것은 손채림의 즐거움 중 하나였다. 물론 노형진은 야구에 그다지 관심이 없었지만.

"좋은 데에 데려다준다면서 데리고 온 게 왜 야구장이야?"

"어때? 좋잖아? 이 활기찬 응원과 승리에 대한 열망을 느껴 봐."

"어디를 봐서?"

노형진은 주변을 보면서 한숨을 쉬었다.

승리에 대한 열망은커녕 도를 닦는 듯한 분위기.

"너 은근히 야구 덕후라니까. 너한테 이런 면이 있을 거라고는 생각도 못 했다."

"뭐, 보니까 재미있더라고. 집에서 나오기 전에는 본 적이 없거든."

노형진은 머리를 절레절레 흔들었다.

어려서부터 아는 손채림의 집은 논다는 것을 무척이나 죄악시했다. 가끔 친구들과 만나서 쇼핑을 하거나 노래방에라도 간다 하면 당장 지옥에 떨어질 것처럼 펄펄 뛰었다.

그런 집이니, 야구를 구경한다?

아마도 인생 망치려고 작정했느냐며 게거품을 물었을 것이다.

"그건 그렇다고 치고, 다 좋은데 말이야. 응원하는 게 왜 하필이면 한야 팀이야? 아니, 다른 팀도 많잖아?"

한야. 지난 시즌의 꼴찌, 지지난 시즌의 꼴찌. 지지난 시즌의 전 시즌에서도 꼴찌에 빛나는 공식 최약체.

현재 연패 기록이 무려 12회에 이르는 전설의 팀이다.

다른 팀도 아닌 그런 팀을 응원하는 손채림을 보면서 당연히 노형진은 이해를 못 하겠다는 표정을 지을 수밖에 없었다.

하지만 웬일인지 그녀는 담담했다.

"그냥 응원하고 있으면 득도하는 기분이야."

"득도?"

"봐 봐. 조용하잖아?"

"그렇기는 하지."

한야 측의 응원석은 상대적으로 조용했다.

탄식하는 것도 포기하는 것도 아닌, 그저 담담하게 바라보는 분위기랄까?

아까 전에 승리에 대한 열망이니 응원의 열기니 말했지만 지금 이쪽은 그냥 동점, 아니 이제 실점이나 그만했으면 하는 분위기.

"도 닦는 기분이야."

"어째 응원 포인트가 전혀 엉뚱한 데에 있는 것 같은데?"

노형진은 그녀의 엉뚱함에 머리를 절레절레 흔들었다.

"개인 취향이라고는 하지만 참 포인트도 희한하다."

"득도하라니까, 득도."

노형진은 툴툴거렸지만 손채림은 더 이상 듣고 있지 않았다.

한야 팀의 선수가 친 공이 하늘 높이 날아가며 그녀의 시선을 당겼기 때문이다.

"오오오!"

혹시나 만루 홈런인가 하고 기대하는 상황에서 터져 나오는 함성.

그러나.

"파울!"

"그렇지……. 그럴 리 없지."

진짜 득도한 듯한 표정으로 말하는 손채림이었다.

무려 8 대 2이라는 점수로 패배. 이로써 13연패 확정이다.

"아, 재미있었다."

"이게 재미있다고? 내가 본 건 그냥 일방적으로 두들겨 맞는 경기였는데."

"그래도 잘했잖아, 평소보다는?"

"평소보다 잘했다고? 아이고, 맙소사. 평소에는 도대체 어떤 거야?"

노형진은 오늘 경기 기록을 보면서 머리를 절레절레 흔들었다.

손채림은 히죽 웃었다.

어차피 이기는 걸 보려고 보는 야구가 아니다. 그러니 대답할 이유는 없었다.

"가자. 내가 가서 맥주 사 줄게."

"그래, 그렇게 본론이 나와야지. 치킨도 사 주는 거지?"

"맥주에 치킨이 빠지면 섭하지."

두 사람은 차를 타고 평소에 자주 가던 회사 근처 치킨집으로 향하기 시작했다.

"그나저나 너 다이어트한다면서?"

"원래 다이어트는 치킨 먹고 난 다음에 하는 거야."

이런저런 이야기를 하면서 운전하던 손채림.

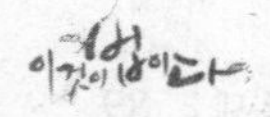

교차로에서 신호에 걸려서 차가 멈췄다.

"아, 길 많이 막히네."

"그러게."

"한꺼번에 사람들이 나오니까. 어쩔 수 없지. 그래도 조금만 더 가면…… 꺄아악!"

말을 하던 손채림의 입에서 비명이 터져 나왔다.

그리고 노형진의 세상은 빙글빙글 돌면서 기억이 탁 끊어져 버렸다.

⚖

"으으으……."

노형진이 정신을 차렸을 때, 차는 옆으로 처박혀 있었고 사람들이 내려서 이쪽을 바라보고 있었다.

"이게 무슨……?"

노형진은 온몸이 욱신거렸다.

그는 황급하게 운전석을 바라봤다. 손채림이 운전대에 머리를 대고 기절해 있었다.

"끄응……."

노형진은 그녀의 목에 손을 대 보고는 안도의 한숨을 내쉬었다. 맥박은 잘 뛰고 있었다.

"크윽……."

온몸이 쑤시는 상태에서도 그는 주변의 상황을 파악하기 위해서 노력했다.

보아하니 상대방 차량이 사거리에서 회전하면서 손채림 쪽을 그대로 들이받은 모양이었다.

그 바람에 손채림은 충격이 컸고 말이다.

앵앵앵.

얼마나 기절해 있었는지 모를 상황이었지만 주변에서 신고를 한 건지, 저 멀리 경찰차가 오는 소리가 들렸다.

그러나 그보다 더 빨리 도착하는 차가 있었다.

"차 뺄게요."

번개같이 달려온 차를 보고 노형진은 눈을 찌푸렸다.

"끄응……."

노형진은 힘들게 몸을 일으켜 차 바깥으로 나갔다. 그리고 그를 막았다.

"누구 마음대로 차를 뺀다는 겁니까?"

"아, 그러면 그냥 둬요?"

"네, 그냥 두세요."

견인차 운전사는 눈을 찌푸렸다.

"하지만 도로가……."

"경찰이 오기 전에 현장 훼손하는 겁니까?"

노형진은 자신들의 차 앞에 있는 견인차를 보고 눈을 찌푸리면서 말했다.

"그건 아니고 도로가 막히니까……."

"그건 경찰이 알아서 할 겁니다."

"그러면 경찰이 오면 빼게요. 일단 명함부터 받으시고……."

"명함 필요 없습니다. 가세요."

견인차 운전사는 눈을 찌푸렸다.

'어디서 수작질이야.'

노형진은 삭신이 쑤시지만 정신이 나간 건 아니었다. 도리어 고통 때문에 정신은 더 또렷했다.

"사설 견인차 안 쓸 테니까 가세요."

"네?"

"사설 안 쓴다고요. 우리는 보험사 견인차 부를 테니까 그렇게 알고 가세요."

남자는 눈을 찌푸렸다.

'내가 바보인 줄 아나.'

사고가 나면 구급차보다 빨리 오는 게 무엇일까?

다름 아닌 견인차다.

그들은 견인한 건당 그리고 거리당 가격을 받는데, 최소 수십만 원부터 어떤 때는 수백만 원까지 요구한다.

그리고 그들이 차를 끌고 가는 곳은 자신들과 계약한 업체인 경우가 많다.

그들은 차량 수리비에 바가지를 씌워서, 그 수익을 가지고 온 견인차 운전자와 나눠 먹는다.

당연히 그 와중에 제대로 증거가 수집되지 않아 가해자와 피해자가 뒤바뀔 수도 있다.

"당신이 뭔데? 운전자는 저기 있는데."

아무래도 손채림이 기절한 틈을 타 잽싸게 끌고 가려고 했던 모양인데 노형진이 막자 견인차 운전자는 짜증을 부렸다.

"나 동승자입니다. 그리고 이 사람 변호사이고."

"변호사?"

운전자는 말을 하지 못했다.

아무래도 변호사라고 하면 껄끄러워지니까.

"그러면 일단 길 막히니까 옆에 빼 둘게요. 알았죠?"

"그냥 두라고 분명히 말했습니다."

옆으로 빼 주겠다면서 차를 들어 올리려고 하는 그에게 노형진은 확실하게 선을 그었다.

'씨발, 온몸이 아파 죽겠는데.'

하도 속이 뻔하게 보여서 노형진은 짜증이 확 났다.

"귓구멍이 처막혔냐? 그냥 두라고!"

"허? 이 사람 보게? 아니, 사고가 나서 길이 막히잖아!"

"그래? 그러면 여기에 대고 녹음해 봐, 아무 조건도 요구도 없이 차를 옆으로 빼 주겠다고."

노형진이 핸드폰을 들이밀자 그는 입을 꾸욱 다물었다.

"내 이럴 줄 알았다."

사람들은 잘 모르는 경우가 많지만, 사고가 나서 사설 견인차를 쓰게 되면 그 돈은 보험 처리가 되지 않는다. 그에 반해서 보험사에서 견인차를 보내는 경우 그건 무료 서비스에 들어간다.

그러니 저들은 보험이 오기 전에 어떻게 해서든 끌고 가려고 하는 것이다.

“아까 내가 변호사라고 한 말을 귓등으로 들어 처먹었나.”

그리고 그들이 쓰는 방식 중 하나가 이런 것이다.

상대방이 의식이 또렷해서 보험사를 부르겠다고 하는 경우, 일단은 옆으로 빼 준다고 하면서 차를 걸고 그대로 자신들과 계약한 곳으로 가 버리는 것이다.

차주의 입장에서는 억울하겠지만 하지 말라고 한 증거가 이 상황에 있을 리 없으니 얄짤없이 돈을 뜯긴다.

설사 옆으로만 빼 준다고 해도 그게 양심적인 게 아니다. 그들은 일단 차가 걸렸으니 수십만 원의 기본료를 내놓으라고 요구하기 때문이다.

그들이 그럴 수밖에 없는 게, 보험사뿐만 아니라 고속도로의 경우 정부에서 운영하는 견인차도 있기 때문에 어떻게 해서든 끌고 가려고 하는 것이다.

물론 당연히 정부의 견인차는 무료다.

“당신, 그거 걸면 증거인멸로 고발할 거야. 아니면 그걸 걸고 증거를 인멸해야 하는 이유라도 있나?”

“뭐라고요?”

“끄응…… 아파 죽겠네, 씨발.”

노형진은 차에 기대면서 자신들을 들이받은 차량을 가리켰다.

"저것도 견인차 아냐? 그러니 당신들이 끼리끼리 짜고 증거를 인멸하려는 걸 수도 있지."

"무슨 말도 안 되는 소리를……."

"그런데 왜 자꾸 차를 빼려고 해? 응?"

"……."

결국 남자는 툴툴거리면서 자신의 차를 치우기 시작했고, 비슷한 시점에 십여 대의 견인차들이 우르르 몰려왔다.

'마치 피 흘리는 소에게 달려드는 피라냐 같군.'

사고가 나기 무섭게 달려오는 견인차들.

그들은 하나같이 노형진의 의사도 묻지 않고 차를 걸려다가 제지당했다. 그리고 그들이 한참을 툴툴거리고 나서야 경찰차와 구급차가 도착했다.

'어이가 없구먼.'

노형진은 쑤시는 삭신을 부여잡으면서 한숨을 쉬었다.

어떻게 된 게 경찰차와 구급차가 견인차보다 늦는 건지.

하지만 운전해 본 사람들은 다 알 것이다.

견인차들은 한 건당 수십에서 수백만 원이 걸려 있기 때문에 안전 따위는 내팽개치고 운전한다.

과속은 기본이고 신호 무시는 옵션이며 심하면 주저하지 않고 역주행까지 해 버린다. 그러니 경찰차나 구급차보다 빠

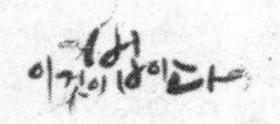

를 수밖에 없다.

"으으…… 아프다……. 어떻게 된 거야?"

구급차로 옮겨지는 와중에야 정신을 차리는 손채림.

노형진은 그런 그녀를 진정시켰다.

"사고가 났어."

"사고?"

"그래, 교통사고."

"넌?"

"난 괜찮아. 아마도……."

사실 괜찮지는 않다. 더럽게 삭신이 쑤신다.

"일단 내가 처리하고 갈 테니 병원에 가 있어."

"야……."

"날 믿어. 너보다 더 운전 오래 했어."

"잠깐만……."

"환자분, 진정하세요. 팔이 부러졌어요."

"에에?"

구급대원은 손을 들어서 말리려는 손채림을 진정시키면서 그녀를 구급차에 태웠다.

"전 다른 구급차를 타고 갈 테니 일단 가 주세요."

"네."

사람이 두 명인지라 한 대가 더 오는 상황.

손채림을 태운 구급차는 사이렌을 울리면서 멀어져 갔고,

노형진은 그제야 통증에 그대로 주저앉았다.
"아파 죽겠네, 씨발."
평소와 다르게 욕이 절로 나오는 하루였다.

"여!"
"여어는 무슨."
노형진은 손채림을 얼마 후에 만날 수 있었다. 그와 손채림이 다른 병원으로 실려 갔기 때문이다.
다행히 노형진은 간단한 검사를 마치고 바로 퇴원할 수 있었다.
"괜찮아 보이네."
"하나도 안 괜찮아. 전신 타박상이다."
노형진은 그녀의 옆에 앉으면서 말했다.
다행히 그거 말고 특별히 다치거나 한 곳은 없었다. 그렇지만 타박상이라는 것이 그렇게 쉽게 치료되는 게 아니니 당분간은 진통제를 입에 달고 살 수밖에 없을 것이다.
"넌 의사가 뭐래?"
자신이야 그다지 문제가 없었다고 하지만 손채림은 상황이 좀 다르다.
상대편의 차가 들이받은 위치가 그녀가 앉은 운전석 쪽이었던지라 타격이 노형진보다 컸던 것이다.

"팔이 부러지고 다리에 금 가고 타박상이 좀 있대. 생명에는 지장이 없다는데?"

"생명에 지장이 있으면 여기 있겠니? 중환자실에 있겠지."

생각보다는 많이 다친 게 아니었기 때문에 노형진은 안도의 한숨을 내쉴 수 있었다.

물론 전해 듣기는 했지만 눈으로 보는 것과는 아무래도 느낌이 다르니까.

"그런데 뭐가 어떻게 된 거야?"

"나도 모르지. 워낙 창졸간에 당한 일이라……."

노형진은 어깨를 으쓱했다.

신호를 보고 있었지, 좌측을 보고 있었던 게 아니기 때문이다.

자신이 본 것은 갑자기 핑그르르 돌아가는 세상이었다.

"일단 차는 보험사에서 끌고 갔어. 검사는 해 보겠지. 그런데 너, 차에 블랙박스 없더라?"

"뭔 박스?"

"블랙박스."

"그건 비행기에 있는 거 아니야?"

"음……."

노형진은 아차 싶었다. 차를 샀다는 말만 들었지 그 이후에 다른 이야기는 듣지 못했기 때문이다.

'하긴…… 아직 블랙박스가 널리 알려진 건 아닌가?'

물론 어느 정도 알려져서 많은 사람들이 장착하긴 했다. 하지만 미래에처럼 필수로 다는 시대는 아직 아니다.

"흠……."

더군다나 손채림은 차를 산 지 얼마 되지도 않았고 거기에다 새 차다. 아직 뭐가 필요한지 배워야 하는 시점이니 없었던 것이다.

"내가 미리 좀 챙겨 줄걸. 차량용 블랙박스가 있어."

"아, 그래?"

"그래."

그게 있으면 사고가 났을 때 책임을 논하기 쉽다.

그런데 그게 없기 때문에 아무래도 싸우기가 쉽지 않았다.

"뭐, 그건 일단 내가 알아서 할게. 일단은 몸조리 잘해. 넌 병가로 해 둘 테니까."

"알았어. 그리고 미안해. 그날 야구장에 가자고만 안 했어도."

노형진은 피식 웃었다.

"득도하자며? 살다 보면 이런 날도 있는 거지, 뭐."

노형진은 간단하게 생각했다.

이때까지만 해도 그다지 일이 커질 거라 생각하지 못했다. 한 2주 정도 입원해서 치료하면 출근할 수 있다고 했으니 말이다.

하지만 상황은 생각과 다르게 돌아가기 시작했다.

⚖

“뭐라고요? 폐차?”

“네. 엔진 룸이 완전히 박살이 나서요. 이건 수리가 안 됩니다.”

“끄응.”

며칠 후 보험사에서 연락이 왔고, 그런 것에 대해 잘 모르는 손채림은 노형진에게 도움을 요청했다. 사고 때 다리에 금이 가서 대신 처리해 준 것이 노형진이었기 때문이다.

그리고 가장 먼저 들은 것은 다름 아닌 차량에 대한 이야기였다.

“엔진 룸도 박살 났고 당연히 엔진도 나갔고요, 미션도 휘었고. 이건 폐차 말고는 답이 없는데요?”

“그거 산 지 한 달밖에 안 된 건데.”

손채림은 완전히 실망한 눈치였다.

그럴 수밖에 없는 게, 아파트를 사고 남은 돈으로 고르고 골라서 산 차였기 때문이다.

생애 첫 차라고 얼마나 좋아했는가? 그런데 한 달 만에 폐차라니.

“어쩔 수 없지. 일단은 그렇게 엔진 룸이 나가고 미션까지 휘었으면 안전상 끌고 다니기도 위험하고.”

노형진도 그 부분은 수긍했다.

사람마다 차를 살 때 추구하는 바가 다 다르지만 노형진이 추구하는 것은 안전이다. 그래서 안전상의 문제가 있다면 차라리 폐차를 하는 게 나을 수도 있었다.

"그리고 옆에 있던 차가 문제입니다."

"옆에 있던 차라니요?"

"옆에 롤세티가 있었습니다."

"롤세티?"

손채림은 고개를 갸웃했다. 잘 모르는 차였기 때문이다.

하지만 노형진은 직원의 말에 왠지 머리가 지끈거렸다.

"등급이 어떻게 됩니까?"

"롤세티 팬텀입니다."

"그게 뭔데?"

"롤세티 팬텀이면…… 대략 한 5억 8천쯤 하겠네."

"헐."

"네. 그걸 수리해야 한답니다. 견적이 대략 1억 8천 정도 나왔고요."

"1억 8천요?"

얼굴이 사색이 되는 손채림.

그럴 수밖에 없는 게, 그녀가 가진 차량은 3천 만 원도 안 된다. 준중형이라 불리는, 흔해 빠진 국민 차.

그런데 그 옆에 있는 차가 부서졌다고 1억 8천이라니?

"돈은 더 들 겁니다, 아무래도 동급 차량으로 렌트를 해

줘야 하니.”

“허억.”

설명을 할수록 듣고 있던 손채림은 얼굴이 사색이 되었다.

하지만 노형진은 그걸 들으면서 이상하다는 느낌이 들었다.

‘그걸 왜 우리한테 이야기하지?’

자신들의 차야 어쩔 수 없이 폐차를 해야 한다고 하니 이해한다. 하지만 옆에 있다가 불똥이 튄 다른 차까지 자신들에게 이야기할 이유는 없었다.

“그래서 아무래도 배상금이…….”

“잠깐만요.”

“네?”

“왜 우리한테 배상금 이야기를 합니까?”

“네?”

“그렇지 않습니까? 우리는 가만히 있다가 사고가 난 건데 왜 우리한테 뒤집어씌우냐 이겁니다.”

“그거야 일단 비율에 맞게 해야 하니까…….”

“비율에 맞게 한다? 무슨 소리입니까, 비율이라니?”

“8 대 2로 과실이 나왔습니다. 그러니…….”

“8 대 2?”

“네. 사고로 인해 들어갈 총비용이 대략 2억 5천입니다. 그런데 8 대 2니까 5천 정도는 그쪽에서 부담해야 합니다.”

“뭐라고요? 5천요? 내 차가 3천인데?”

당황해서 소리 지르는 손채림.

노형진 역시 그 말을 이해할 수가 없었다.

“왜 8 대 2가 나온 거죠?”

“그거야 기본이 8 대 2니까요. 그쪽 보험사도 동의한 겁니다.”

천연덕스럽게 말하는 보험사 직원.

노형진은 슬며시 혈압이 올랐다.

기본이라니? 세상에 사고에 기본이 어디에 있단 말인가?

“정확하게 말씀해 주시죠, 왜 8 대 2가 나왔는지.”

“아까도 말씀드렸다시피…….”

보험사 직원은 끝까지 기본 운운하면서 책임을 이쪽으로 넘기려고 했다.

안 그래도 노형진은 기분이 좋지 않았다.

사고를 일으킨 가해자는 오지도 않았다.

물론 괜히 왔다가 싸움이 날 수도 있어서 보험사에서 가지 말라고 하는 경우도 많으니 안 올 수도 있다. 그런데 그쪽 보험사에서 터무니없는 조건을 달고 나온 것이다.

“그러니까 그 기본이라는 거, 왜 8 대 2인지 들어나 봅시다.”

“그렇게 말씀하셔도 그게 기본인데…….”

“우리는 정차해 있었고 움직이는 중도 아니었는데 와서 들이박아 놓고 8 대 2라는 게 말이나 된다고 생각해요?”

“저희 쪽 차주 말로는 정지선을 넘어서 정차해 있었다고 하던데요?”

"그럴 리 없어. 내가 딱 맞춰서 섰는데!"

"그건 그쪽 주장이고, 증인이 없어서요."

"내가 증인입니다."

노형진은 확실하게 봤다. 아무래도 초보 운전인지라 조심스러워서, 조수석에 앉아 계속 주변을 확인했던 것이다.

그 당시에 손채림은 분명히 신호와 정지선을 명확하게 지켰다.

"그건 그쪽 주장이고 저희 쪽 운전자의 말은……."

그가 뭐라고 하려고 하자 노형진은 그냥 품에서 지갑을 꺼내서 그 안에 있는 명함을 내밀었다.

"나 변호사입니다. 장난치지 마시지요."

노형진이 자신을 변호사라고 말하자 순간 직원은 입을 꾸욱 다물었다.

노형진은 그런 그를 보면서 욕이 절로 나왔다.

'이런 개새끼.'

아니나 다를까, 뭔가 이상하다 싶었다.

'등쳐 먹으려고 했구나, 이 씹 새끼.'

보험사는 차량을 조회하면 관련된 자의 정보를 얻을 수 있다.

손채림은 면허를 딴 것도 차를 산 지도 얼마 되지 않았다. 그러니 만만하게 보고 등쳐 먹으려고 한 것이다.

여자들의 경우 잘 몰라서 당하는 경우가 적지 않으니까.

"일단은……."

말을 바꾸려고 하는 직원을 보면서 노형진은 손을 흔들었다.

"더 말하실 필요 없습니다."

"네?"

"이건 아무래도 법대로 해야 할 것 같으니까."

"법대로라니요? 무슨 말씀을 그렇게 하십니까?"

"그러면 10 대 0으로 해 줄 수 있어요?"

"……."

말을 하지 않는 상대방을 보면서 노형진은 확실하게 선을 그었다.

"그렇게 못 해 줄 것 같으면 가세요. 우리는 법대로 할 테니까."

"그건…… 좀……."

"왜, 변호사가 낀다고 하니까 곤란한가요?"

노형진은 그를 몰아붙였다. 그리고 직원은 아무런 말도 하지 못했다.

손채림도 노형진의 이런 행동이 이유가 있을 거라 생각해서 말리지 않고 조용히 남자를 노려볼 뿐이었다.

"일단 보고해 보겠습니다."

그는 조용히 말하면서 물러났다.

그가 나가고 나자 노형진은 얼굴을 팍 찡그렸다.

"어떻게 된 거야? 도대체 왜 그래?"

"저 새끼가 우리한테 죄를 뒤집어씌우려고 하잖아."

"죄라니?"
"이건 절대로 8 대 2가 나올 수가 없는 사건이야."
이쪽은 정차해 있는 상황이었고, 교차로에서 정지선까지 정확하게 지킨 상태였다. 이동하지도 않았으니 전방 주시 의무나 주변 체크 의무와는 상관없는 상황이다.
그런데 8 대 2라니.
"이건, 다시 말하면 상대방이 모든 돈을 다 배상해야 한다는 거야."
"그런데?"
"그런데 우리한테 일부를 뒤집어씌우려고 들잖아."
"그런……. 대체 왜? 무슨 이득이 있다고? 어차피 보험사에서 나가는 돈 아니야?"
"이득이야 많지. 일단 너의 과실이 들어가니까 네 보험료가 확 뛸 거야."
"뭐?"
"아주 많이 뛸걸."
보험료도 나이가 어릴수록 높다. 그런데 이런 대형 사고가 났다? 그러면 어마어마하게 뛸 것이다.
그리고 그걸로 손해를 메꾸려고 할 것이다.
"당연히 그 과정에서 온갖 불이익은 다 받을 테고."
"그딴 경우가 어디 있어?"
"생각보다 자주 있어."

"어째서?"

"여러 가지 이유가 있기는 한데……."

가장 큰 이유는 손해의 분산이다.

한 사람에게 10 대 0이 나와서 몰아주면 그 사람의 보험사에 부담이 된다. 그러니 그걸 분산해서 기업들이 손해를 줄이려고 하는 것이다.

"하지만 이쪽 기업에서 그걸 받아 줄 리 없잖아?"

아무리 경험이 없어도 이런 사건은 보험사들이 만나서 결정하는 것쯤은 알고 있었다.

즉, 이쪽 보험사가 동의해 주지 않으면 소용이 없다.

"짬짜미라고 해야 하나? 서로 알고 지내니까. 가령 이번에 너희 걸 도와줬으니 우리 쪽 소속 운전자가 사고 치면 너희도 도와 달라 이거지."

"그러면 무슨 의미가 있어? 나가는 돈은 똑같은데."

"하지만 들어오는 돈이 달라지지. 전국적으로 교통사고가 얼마나 나겠어?"

"아……."

"그때마다 양쪽 다 보험료가 오른다고 생각해 봐."

하루에도 수천 건의 교통사고가 난다. 그런데 이들이 이렇게 서로 짜고 양측 모두에게 책임을 물리면 양측 다 보험료가 오른다. 가해자의 입장에서는 억울할 게 없지만, 피해자의 입장에서는 억울할 수밖에 없다.

"물론 실제로 공동 과실 사건도 있어. 하지만 이런 경우는 그 대상이 아니지."

그럼에도 불구하고 8 대 2를 주장하는 것은 간단하다. 책임을 분산시키려고 하는 것이다.

그렇게 함으로써 보험료를 올리려는 일종의 수작이다.

"더군다나 이번 건 같은 경우에는 금액도 커."

무려 2억 5천이다. 그러면 위에서도 좋게 볼 수가 없다. 당연히 결재도 해 주지 않으려고 한다.

그리고 그걸 처리한 직원의 인사고과도 떨어지기 마련이다.

"그때는 짬짜미를 해서 나눠 버리는 거지."

물론 그렇다고 해서 금액이 확 작아지는 것은 아니지만 최소한 자신들이 노력했다는 면피는 된다.

"그러니까 그것 때문에 나한테 독박을 씌운다는 거야?"

"그래."

"이런 나쁜 놈들을 봤나!"

손채림은 어이가 없었다. 보험회사를 믿고 보험을 들었다. 그런데 자신을 지켜 줘야 하는 상황에서 상대방과 결탁해서 도리어 자신에게 독박을 씌우다니.

"네가 재판정에 안 가 봐서 그래."

"응?"

"소액 재판의 20%에서 30%는 보험회사에서 거는 거야."

"뭐어?"

"그들은 기업이야. 남을 위해서 존재하는 곳이 아니지. 그러니 어떻게 해서든 돈을 안 줘야 해."

당연히 줘야 하는 돈도 안 주려고 소송을 거는데, 이렇게 자신들에게 뒤집어씌워서 보험료를 올리는 것은 그다지 어려운 일도 아니다.

"그럼 어떻게 해?"

"일단은 소송을 해야지."

그냥 있으면 자신들이 당한다.

"지금부터 보험회사랑 아무런 말도 하지 마."

"어째서?"

"내가 여기 계속 있을 수 없으니까."

분명히 그들은 노형진이 없는 틈을 이용해 손채림을 압박할 것이다. 그들의 압박을 받다 보면 어쩔 수 없이 굴복하게 된다. 그럴 거면 차라리 아예 보지 않는 것이 답이다.

"이 건은 내가 해결할게."

노형진은 이참에 보험사를 혼쭐 내 줄 생각이었다.

⚖

"오랜만에 뵙는군요."

진성만은 노형진과 악수를 하면서 반가움을 표시했다.

"좋은 일로 만나야 하는데 이렇게 되었네요."

"손해 사정인이라는 직업이 좋은 일로 만나기는 힘들죠."

진성만은 씩 웃었다.

그는 과거 성화 관련 사건에 관하여 노형진을 도와준 적이 있는 사람이었다.

손해 사정인, 그러니까 사건의 현장을 판단해 주는 사람이다.

이번 사건에는 그의 도움이 필요하기 때문에 노형진은 그에게 부탁한 것이다.

"일단 사진을 좀 보죠."

"네."

노형진은 사건 현장에서 찍은 사진을 그에게 건넸다. 그러면서 몇 가지 부연 설명을 했다.

"그쪽에서는 이쪽이 정지선을 넘어서 정차하고 있다고 주장하고 있습니다. 그러니 과실이 있다는 거지요."

"그래요? 하지만 사진만 봐서는 그럴 가능성은 낮아 보이는데요."

"그렇지요?"

"네. 보세요, 옆에 있는 차량의 측면이 부서지지 않았습니까?"

만일 사고가 났을 때 손채림의 차가 더 앞쪽으로 나가 있었다면, 밀리면서 옆에 있던 롤세티 팬텀의 정면으로 부딪쳤어야 한다.

그런데 충돌해서 옆으로 튕겨 나가며 팬텀의 옆구리를 박았다는 것은 팬텀이 더 앞쪽에 있었다는 뜻이다.

"이 사진으로 볼 때 롤세티는 정지선을 지켰습니다. 그렇다는 건 의뢰인의 차량은 롤세티보다 더 뒤쪽에 위치하고 있었다는 뜻이지요."

"역시나."

노형진은 현장에 대해서 기억은 하지만 100% 정확하다고 확신할 수는 없다.

하지만 진성만은 현장 사진만으로 그 상황을 정확하게 집어내고 있었다.

"음…… 상대방이 사설 견인차군요."

"네."

견인차는 차량이 사고가 나거나 고장이 났을 때 그걸 옮겨주는 차를 말한다.

"아무래도 상황을 보아하니 출동하다가 사고가 난 것 같은데요."

"출동요?"

"저희들 세계에서 이런 말이 있지요, 사고가 났을 때 가장 먼저 오는 것은 경찰차도 구급차도 아니고 견인차라고."

"알고 있습니다. 그날도 구급차보다 더 빨리 오더군요."

"이들은 경쟁이 치열합니다. 가격도 싼 것이 아니지요. 그래서 사고가 나면 그곳으로 수십 대가 달려듭니다."

견인차는 운임을 킬로미터당 받는다.

거기에다가 자기네들이랑 계약한 공업사로 가져다주고 거

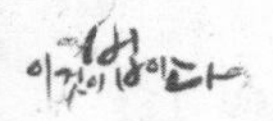

기서도 돈을 받는다.

"한 건당 수십에서 수백은 챙기거든요."

"그래요?"

"네. 그래서 어디서 사고가 났다고 하면 신호고 뭐고 깡그리 무시하고 달려갑니다. 그래서 우리는 '하이에나'라고 부르기도 하지요."

물론 정상적으로 하는 곳들도 있다.

하지만 그런 정상적인 곳들은 도리어 이러한 사기꾼들 때문에 폐업해야 할 정도로 밀리는 경우가 많다.

"일단 차주가 동의하지 않았어도 끌고 가는 놈들도 많고."

어찌 되었건 그날은 노형진이 가지고 가지 못하게 철저하게 막은 덕분에 그러지 못했지만 말이다.

"신호는 어떤지 알 수가 없으니까 참 문제이기는 하군요. 그런데 사진 상태를 봐서는 아무래도 돌다가 미끄러진 것 같습니다."

사진의 한쪽을 지적하면서 말하는 진성만.

"잘 안 보이지만 이쪽만 빛이 난반사를 하고 있지요? 그러면 도로가 물에 젖어 있다는 뜻이거든요. 아마 현장에 가 봐야 알겠지만, 도로에 생긴 파인 공간일 겁니다. 새벽에 비가 왔으니 그런 곳에 물이 고이는 수가 많거든요. 그러면 미끄러지는 경우도 많고요."

"그러면 진 조사관님이 봐서는 거기에 미끄러졌다는 건가요?"

"네. 그리고 그렇게 되면 문제가 하나 있는데……."

사진을 몇 번이나 확인한 진성만은 사진을 다시 노형진에게 건네면서 말했다.

"만일 그런 상황이라면, 저 사람은 각도상 역주행했었을 수밖에 없을 겁니다."

"네? 역주행요?"

"네. 정상적인 구조로 우회전을 했다면 여기까지 튀어나오지 않거든요. 거기에다 미끄러지기까지 했다면……."

역주행에 과속까지 했다는 뜻이다.

"미친."

아무래도 견인차는 다른 차량보다 장비가 많이 실려 있어서 무겁다. 그걸로 역주행에 과속이라니.

"얼마 전에도 그런 식으로 운전하다가 횡단보도를 건너는 어린아이를 치어서 죽인 사건이 있었지요."

진성만은 눈을 찌푸렸다.

"아마도 사고가 나서 거기로 달려가고 있었을 겁니다."

"끄응."

"그곳에 카메라 같은 건 없나요?"

"애석하게도요."

경찰에 문의했지만 해당 지역에 카메라는 아직 설치되어 있지 않다고 했다.

"다른 블랙박스를 단 차량은요?"

"일단 플래카드를 설치해 놨습니다만, 기대하기는 힘들

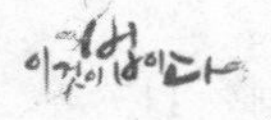

듯합니다. 아무래도 야구 경기 때문에 온 차들이 많아서."

"아아……."

일반적인 출퇴근길도 아니고 경기 하나 보러 온 사람들이다 보니 플래카드를 걸어 놔도 보는 사람은 없을 것이다.

"결국은 가장 중요한 증거가 없군요."

정황증거상 이쪽에 과실이 없다는 것은 거의 확정적이다. 그렇지만 그 증거가 없다는 것이 문제다.

"보험사 쪽에서는 어떻게 해서든 8 대 2로 몰아붙이더군요."

"안 그래도 제가 좀 알아봤습니다."

진성만은 답이 없다는 듯 머리를 절레절레 흔들었다.

"사고를 낸 인간이 보험을 들 때 추가 약정을 2억 한도로 해 놨더군요."

"2억 한도?"

"네."

일반적으로 보험을 들면 그 보험의 한도는 대략 1억이다.

사실 특수한 경우가 아니면 그 돈으로 충분히 배상이 가능하다.

하지만 시대가 발전하면서 1억을 훌쩍 넘기는 고가의 차량들이 많이 등장하자 보험회사에서는 특약을 새로 만들었다.

보험료에 얼마를 추가하면 한도가 2억까지 올라가는 것이다.

"그러면 그 이상이 되는 5천 정도는 자신이 직접 부담해야 합니다만……."

공교롭게도 8 대 2로 책임이 나뉘었을 때 딱 5천이다.

물론 우연이라면 우연일 수도 있겠지만.

"하여간 애매하군요. 저쪽도 조사관을 들이밀 텐데."

물론 그가 하는 말은 진성만과 다를 것이다.

그는 어떻게 해서든 8 대 2를 만들어야 하니까.

"역주행이나 과속의 증거가 있으면 좋겠지만 블랙박스가 없으니……."

그렇지 않은 경우 다른 건 다 정황증거가 될 수밖에 없다.

"상대방 차량에는 없겠지요?"

노형진의 말에 진성만은 피식하고 웃었다.

"제가 수십 년을 이 일을 했지만 견인차에 블랙박스를 다는 놈은 못 봤습니다."

"하긴."

위법을 밥 먹는 것처럼 해 대는 그들의 특성상 자신들에게 약점이 될 수 있는 블랙박스를 달지는 않을 것이다.

설사 달았다고 해도 그걸 제출할 리 없다.

"소견서는 제가 써 드리겠습니다. 제가 봐서는 10 대 0이 확실합니다. 하지만 그 이후에 재판정에서 싸우는 것은 노 변호사님이 직접 하셔야 할 듯합니다."

진성만은 어깨를 으쓱하면서 말했다.

"그거라면 걱정하지 마세요. 그건 제 전문 아니겠습니까, 후후후."

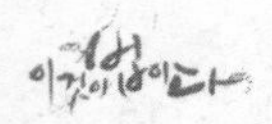

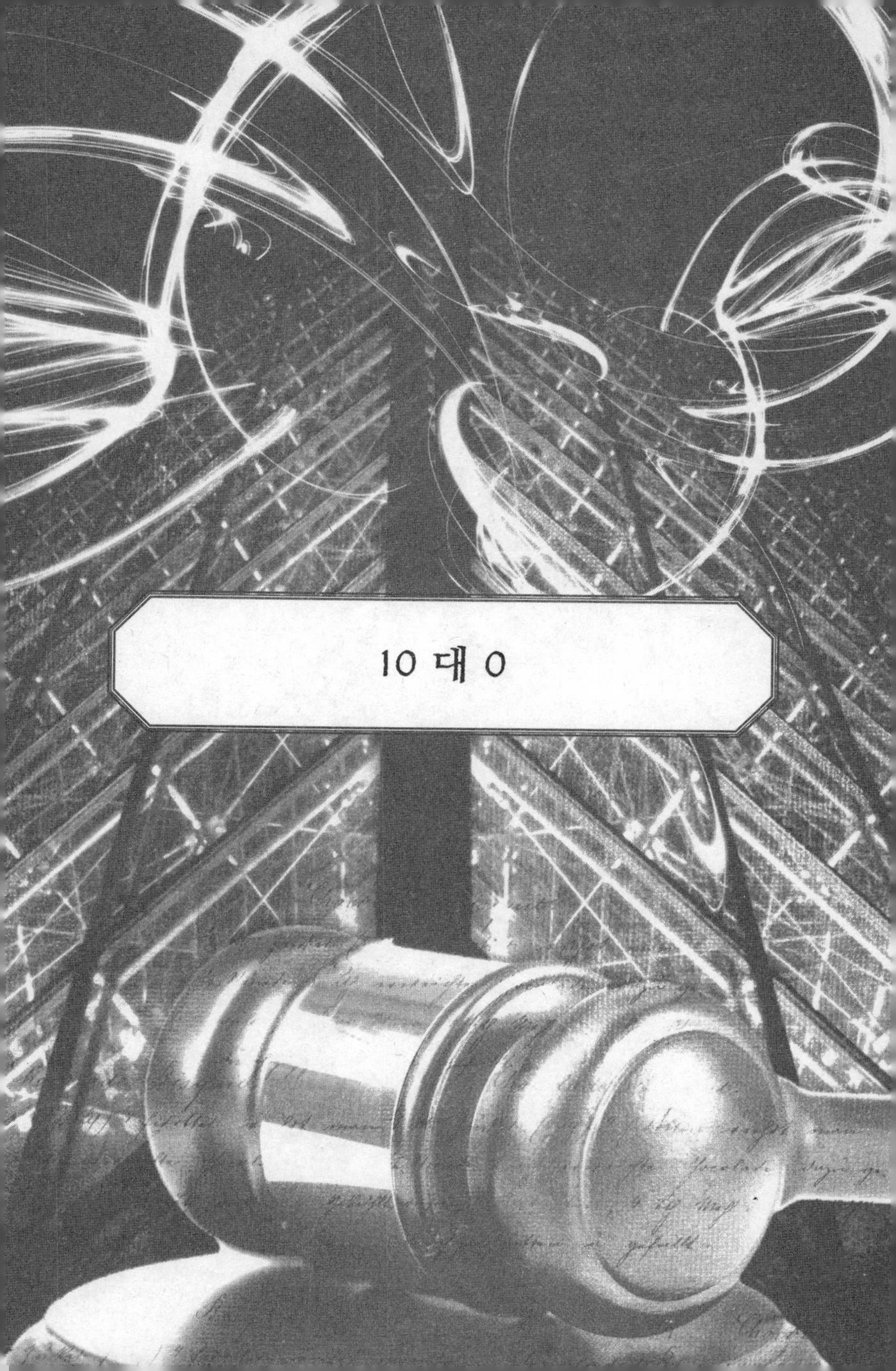
10 대 0

노형진은 보험사에 절대로 8 대 2는 받아들일 수 없다고 못을 박았다.

예상대로 보험사는 노형진과 손채림에게 소송을 걸었다. 어떻게 해서든 돈을 받아 내기 위해서였다.

“이게 다 당사자라고?”

손채림은 오늘 재판을 위해서 휠체어를 타고 법원까지 왔다. 노형진이 꼭 오라고 했기 때문이다.

“그래. 내가 한 말이 농담인 줄 알았어?”

“헐?”

재판을 하러 왔더니 재판 일정의 3분의 2 이상을 차지하고 있는 것은 각 보험사들이었다.

"아니, 이렇게 해서 이득이 남아?"

"남아. 그러니까 하는 거야."

보험사의 꼼수는 짬짜미 비용을 나누는 것으로 끝나지 않는다.

보험 청구가 들어왔을 때 조금이라도 안 줄 수 있는 이유가 있다고 보이면 일단은 소송을 건다.

"어차피 돈은 그다지 안 들거든."

어차피 재판에는 직원이 출석하니 돈이 따로 들지는 않는다. 따로 법무 팀이 있으니 소장 작성 비용도 드는 것도 아니고.

"하지만 소송을 할 때는 돈이 들잖아?"

못해도 30만 원은 돈이 든다. 소장을 접수하기 위해서는 인지를 사야 하니까.

"그래 봤자 한 건만 이기면 뽑아내니까."

"하긴."

수백 개의 소송 중 하나만 이겨도 그 돈은 뽑아낸다.

사실 이길 필요도 없기는 하다.

"대부분의 경우 조정으로 끝나거든."

재판을 했을 때 재판부가 바로 판결을 내리는 경우는 드물다. 대부분의 경우 조정해서 둘 사이를 화해시키려고 한다.

그런데 여기서 문제는, 돈이 있는 쪽은 보험회사라는 것.

"대부분의 조정에서는 지급하는 돈이 깎여."

회사의 입장에서야 다급할 게 없다. 도리어 돈을 쥐고 있

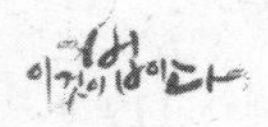

으면 그만큼 이자가 나오니 쥐고 있는 게 더 좋다.

하지만 보험금을 청구한 당사자는 당장 병원비나 생활비가 필요하니 그 돈이 다급하다.

"그래서 대부분 어느 정도 합의하지."

일반적으로는 20%에서 30% 정도 깎인 금액으로 합의된다.

"그런 게 수백 개야."

손채림은 다시 한 번 목록을 바라보았다.

물론 이런 재판이 매일 있는 것은 아니다.

하지만 한 달에 이백 개는 넘을 것이고, 보험회사는 단순히 몇 명 괴롭히고 나서 수십억을 아낄 수 있다.

"그래서 조정을 거부한 거야."

어차피 조정해 봐야 돌아오는 것은 자기들의 손해뿐이다. 그러니 노형진이 그들의 조정을 받아들일 이유가 없다.

"그나마 이건 적은 거야."

"적은 거라고?"

"그래."

몇억이나 걸려 있는 재판이라 합의부로 넘어가서 그렇지, 2천만 원 이하의 소액 재판부는 사건의 4분의 1이 보험회사의 청구일 정도로 많다.

"너무하네."

입을 쩝쩝 다시는 손채림.

"아, 시간 됐다. 슬슬 들어가자."

"그래. 그런데 내가 왜 여기까지 와야 하는 거야?"

"일종의 꼼수지."

"응?"

"이런 재판을 할 때 대부분 당사자가 못 오거든."

그럴 수밖에 없는 게 당사자는 입원한 상태이다. 그러니 당사자보다는 대리인, 아니면 변호사가 온다.

"그런데 당사자가 오면, 그것도 이렇게 크게 다친 모습으로 오면 재판부는 은근슬쩍 이쪽으로 마음이 기울어져."

"하긴, 그래서 회장님이 휠체어를 타고 들어가지. 법원은 마법의 공간이라니까. 들어갈 때는 휠체어 타고 링거를 맞으면서 들어가는데, 나올 때는 걸어서 나와."

노형진의 말에 손채림은 키득거렸고, 두 사람은 안으로 들어갔다.

"음?"

그리고 손채림이 나타나자 당황한 눈치를 보이는 상대방 직원.

'그래, 올 줄은 몰랐겠지.'

사실 재판하는 판사도 사람이다. 그러니 이렇게 다친 사람에게 돈을 주지 않으려고 하는 사람들을 보면서 기분 좋을 수는 없다.

'거기에다 일거리 폭탄의 주범이거든.'

재판부는 일하기 싫어서 대충 판결하는 경우도 많다.

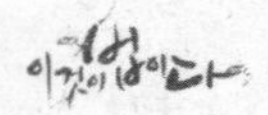

그런데 보험회사는 매달 수십 건에서 수백 건의 사건을 던져 준다.

노형진이 그동안 대량의 사건을 맡길 때마다 재판부는 짜증을 냈다. 그런데 그런 행동을 몇 년째 하고 있는 보험회사가 좋게 보일 리 없다.

'더군다나 판사도 사람이지.'

그들 역시 보험을 들고 미래를 준비한다.

그런데 어떻게든 돈을 주지 않으려고 하는 그들이 좋게 보이지는 않을 것이다.

물론 보험회사들이 관리를 해 주면서 뇌물을 주겠지만, 그렇다고 해도 인간적인 부분이 전혀 작용하지 않는 건 아니다.

"피고, 그렇게 무리해서 나올 필요는 없는데요."

판사는 깁스를 하고 나온 손채림을 걱정스럽게 바라보면서 말했다.

"너무 억울해서 잠도 못 잘 정도입니다, 판사님."

아까만 해도 히죽거리던 손채림은 어느 틈엔가 눈에 눈물을 가득 담고 울먹였다.

"어흠…… 재판장님."

"아, 그래요, 원고 측. 진술하세요."

"재판장님, 이 사건에서 피고 측은 명백하게 정지선을 지키지 않고 앞으로 튀어나와 있었습니다. 이는 명백하게 위법행위입니다. 물론 원고 측의 계약자가 회전 중 실수한 것은 인정합니다. 하지만 피고 측이 정지선 바깥이 아닌 안쪽에 들어가 있었다면 이러한 추돌 사고는 일어나지 않았을 것입니다. 이에 저희 보험사에서는 피고 측의 과실이 20% 정도 인정된다고 생각합니다. 이를 증명하기 위해서 손해 사정인의 의견서를 제출했습니다."

그들은 미리 준비한 서류를 들어 올리면서 말했다.

그러자 그걸 미리 받았던 재판관은 고개를 끄덕거렸다.

"피고 측, 할 말이 있나요?"

노형진은 자리에서 일어났다.

'그런 식으로 나온다면야.'

재판에서 이기는 방식은 많다.

어떤 경우에는 상대방이 반대할 수 없는 증거를 내놓으면서 싸워야 하지만, 또 어떤 경우에는 상대방이 말하는 논조를 부수는 것만으로도 충분하다.

그리고 지금 같은 경우가 바로 그렇다.

"재판장님, 그 부분에 대해서는 이견이 있습니다. 저희가 튀어나와 있는 상태에서 추돌했다고 주장하는데, 저희 쪽 손해 사정인의 의견에 따르면 그 주장에는 논리적으로 오류가 있습니다."

"논리적 오류?"

"그렇습니다. 만일 저희가 튀어나온 상태에서 추돌이 일어났다면 이번 사건의 다른 피해 차량인 롤세티 팬텀의 정면에 추돌이 일어났어야 합니다. 하지만 롤세티 팬텀의 사진을 보면, 보다시피 측면이 추돌되었습니다. 그렇다는 것은 롤세티 팬텀이 저희 쪽보다 더 앞쪽으로 나와 있다는 뜻입니다."

노형진이 사진을 흔들면서 말하자 상대방 직원은 당황했다.

'그래, 네가 무슨 죄가 있겠니. 하지만 내가 봐줄 수가 없구나. 뭐, 인사고과 깎이는 건 내 책임도 아니고, 져 봐야 시말서나 쓰겠지.'

노형진은 당황하는 직원을 보면서 속으로 웃었다.

이런 재판에 전문가를 보내면 아무래도 그때마다 적지 않은 돈을 줘야 한다. 그래서 보험사는 보통 직원을 보낸다.

그런데 직원은 전문가가 아니니 이런 식으로 공격하면 반격하지 못한다.

"하지만 증거가 없지 않습니까?"

상대방 직원은 증거가 없지 않느냐고 우겼다.

사실 가장 많이 쓰는 방법이다.

"그건 그쪽에서 가지고 가지 않았나요?"

"네?"

"롤세티 팬텀의 차주 말로는, 사고 이후에 그쪽에서 차량에 달려 있는 블랙박스를 수거해 갔다고 하던데요."

"그건……."

상식적으로 수억대 차량의 차주가, 아무리 블랙박스가 일반화되지 않은 시점이라고 하지만 달지 않았을 가능성은 그리 높지 않다.

노형진은 그 부분이 의심스러워 차주에게 물었고, 차주는 사고 이후에 그쪽에서 보험 관련 조사차 블랙박스를 수거해 갔다고 했다.

'당연히 사본이 없으리라고 생각했겠지.'

현장에서 바로 수거했으니 사본이 있을 리 없다. 그러니 그들은 방심했을 것이다.

대부분의 경우 자기 블랙박스만 생각하지, 추가 사고 차량의 블랙박스는 생각하지 않으니까.

"그런데 이번에 원고 측에서 제출한 증거 목록에는 해당 이름이 없더군요. 도대체 어디에 있는 겁니까?"

직원은 완전히 당황한 얼굴이었다. 전혀 몰랐던 듯한 표정.

'알 리 없지.'

그는 여기에 와서 이 한 건만 하는 게 아니다. 하루 종일 계속 이어지는 수십 건의 사건에 출석해야 한다.

당연히 개별 사건의 자세한 내용을 알지는 못한다.

"원고 측, 그 말이 사실입니까?"

"그건 잘 모르겠습니다."

"재판장님, 저희는 그 블랙박스를 확인하기 위해서 롤세티 팬텀의 차주에게 해당 블랙박스에 대한 권한을 위임받았습니다. 그러므로 원고 측은 해당 블랙박스를 다시 돌려주시기 바랍니다."

"그건 이미 저희가 가지고 왔다면서요?"

"그렇지만 이쪽에서 소유권을 포기한 건 아니지요."

그들이 협조 차원에서 그걸 받아 갈 수는 있다.

하지만 그건 어디까지나 협조 차원에서의 도움일 뿐이지, 법적으로 그 권한을 포기한 게 아니다.

그러니 정당한 권리자가 달라고 하면 줘야 한다.

'뭐, 보통은 달라는 소리를 안 하니까.'

블랙박스라고 해 봐야 진짜로 블랙박스 자체를 가지고 가는 게 아니라 그 안에 있는 외장 메모리 카드를 가지고 가는 것이다.

그런 건 비싸 봐야 몇만 원 안 하기 때문에 대부분 그냥 새로 사지 다시 돌려 달라는 소리는 하지 않는다.

아마도 그 때문에 방심했을 것이다.

"그 블랙박스 안에는 중요한 증거가 들어 있습니다. 그러니 그걸 꼭 확인해 주시기 바랍니다."

"음……."

재판장은 잠시 고민하다가 보험회사 측을 바라보았다.

"그 기록, 확인할 수 있습니까?"

"그건…… 확인해 보도록 하겠습니다."

"현재 주요 증거가 없는 상황에서 해당 증거는 중요한 증거인 듯하니 원고 측이 해당 기록을 제출하면 그 뒤에 다음 기일을 다시 잡겠습니다."

판사는 무심하게 말했다.

하긴, 그게 있다면 머리싸움을 할 필요가 없다.

블랙박스가 왜 중요한가? 그건 모든 영상이 찍혀 있기 때문이다.

법적인 싸움도 변호사의 말장난도, 증거 앞에서는 무의미하다.

판사도 그게 있으면 오판을 내릴 부담이 없기 때문에 증거가 있다는 사실을 알고 요구한 것이다.

'너희들 꼼수는 내가 다 알고 있지.'

노형진은 피식거리면서 서둘러서 서류를 챙기는 상대방 직원을 바라보았다.

"아무리 확인해 봐도 관련 증거가 없습니다. 분실된 듯합니다."

오늘 나온 사람은 지난번에 나왔던 그 직원이 아니었다. 변호사였다.

'본격적으로 해 보시겠다?'

법무 팀이라고 해서 다 일반 직원만 있는 게 아니다. 정식으로 고용된, 월급을 받는 변호사도 있다.

그런데 재판에 그들이 나왔다는 것은, 본격적으로 해 보겠다는 뜻이다.

'그래, 그렇게 나와야지.'

도리어 순순히 나왔다면 노형진은 더 실망했을 것이다.

"증거가 없어도 되는 거야?"

손채림은 그들의 행동에 어이가 없었다.

뻔뻔하게 나와서 증거가 없다니.

"어차피 형사가 아니니까."

형사라면 증거인멸에 해당할지도 모르지만 이건 형사가 아니라 민사다.

그리고 민사는 당사자에게 불리한 증거를 내지 않아도 불법이 아니다.

"어차피 우리가 그 권한을 얻어 냈다고 해도 없다고 하면 그만이거든."

물론 분실에 따른 책임이 생기겠지만, 그래 봐야 몇만 원 안 하는 외부 저장 장치일 뿐이니 돌려주지 않는다고 해도 상대방이 소송을 걸 수 없다는 걸 아는 것이다.

몇만 원짜리 돌려받겠다고 수십만 원 내고 소송을 거는 사람은 없을 테니까.

"하지만 다른 증인을 찾았습니다."

그건 의외였다. 노형진도 현장에 플래카드를 다는 등 증인을 찾으려고 노력했지만 증인이 없었기 때문이다.

그런데 증인이 있다고? 그것도 이쪽에 불리한 증인이?

'우리한테 유리한 증인을 데리고 올 리는 없고.'

노형진은 그 증인이라는 사람이 누군지 궁금해서 입구 쪽을 바라보았다.

그리고 그곳에서 당당하게 일어나서 나오는 남자를 보고는 피식하고 비웃음을 떠올렸다.

'그래, 서로 끼리끼리 알고 지내겠지.'

증언을 하기 위해서 올라오는 사람은 노형진도 아는 사람이었다.

사고가 난 당시에 손채림의 차를 강제로 끌고 가려고 했던 그 견인차의 운전자였다.

'보복이다 이거냐?'

어차피 사고를 낸 당사자도 견인차를 운전하는 사람이다. 서로 알고 지냈을 가능성이 크다.

그럴 수밖에 없는 게, 사고가 났는데 여러 사람이 한꺼번에 도착한 경우 서로 순번을 정해서 활동해야 하기 때문이다.

사설 견인차 운용은 일종의 구역 개념이라서 그렇게 될 수밖에 없다.

수원에서 사고가 났는데 서울에서 견인차가 갈 리 없으니까.

"증인, 선서하세요."

"네."

운전자는 선서를 하고 단상에 올랐다.

"이름이 고중만 맞습니까?"

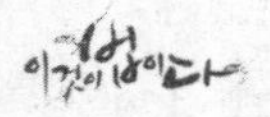

"맞습니다."
"고중만 씨는 현장을 어떻게 보게 되었지요?"
"그 당시 전 레커차, 아니 견인차를 끌고 차량을 빼려고 했습니다. 하지만 저기 있는 저 변호사라는 양반이 결사적으로 방해하더군요."
"어째서요?"
"모르겠습니다. 하지만 확실한 건, 교통사고의 가능성이 있다고 이야기하고 차량 통행을 위해서 빼야 한다고 이야기해도 막무가내였습니다."
"그래서 어떻게 했지요?"
"결국 그냥 둘 수밖에 없었지요."
"그러면 그 당시 상황은 어땠습니까?"
"저들의 차로 보이는 차량이 앞으로 삐쭉 삐져나와 있었습니다."
"확실합니까?"
"확실합니다."
그는 확실하게 봤다는 듯 주장했다.
"그러면 옆에 있던 다른 차량 역시 앞으로 나와 있었겠군요?"
"네."
그 상황에서 롤세티 팬텀이 앞으로 나와 있다면 당연히 사고 기록상 옆이 들이받힐 수도 있는 것이다. 그리고…….
'그렇게 나오시겠다?'

그렇게 되면 롤세티 팬텀의 차주에게도 과실이 적용되어서 그 수리비 중 일부를 그가 부담하게 된다. 즉, 줘야 되는 돈이 아껴진다는 뜻이다.

그러니까 증인을 통해서 증거를 조작하겠다는 뜻이다.

'롤세티 차주는 돌아 버리겠구먼.'

그들을 믿고 증거를 줬는데 폐기해 버리고는 책임을 전가한다. 그러니 롤세티 차주도, 억울하지만 이제 억울하다고 말할 수 없는 상황이 되어 버린 것이다.

아마 차주가 여기 있었다면 길길이 날뛰었을 것이다.

"그래서 어떻게 했습니까?"

"어쩔 수 없이 차를 빼지 못하고 그곳에서 나왔습니다."

"그 후에는요?"

"동료의 차를 끌고 나왔습니다."

"동료의 차라고 하시면?"

"사고가 난 다른 견인차입니다."

"아, 그렇군요. 그러니까 별다른 건 없지만 두 차량이 앞으로 삐쭉 튀어나와 있었다, 그건 확실하다 이거지요?"

"네."

"이상입니다."

필요한 주장은 다 얻었기 때문에 상대방 변호사는 자리로 돌아갔다.

어차피 이번 재판에서 필요한 것은 그것뿐이니까.

"피고 측 재판관, 증인신문하세요."

판사는 고개를 끄덕거리면서 노형진에게 바통을 넘겼다.

"증인."

"네."

"증인은 나 알지요?"

"압니다. 그 자리에서 만났습니다."

"기억하시는군요."

노형진은 씩 웃으면서 그를 바라보았다.

'보통은 이 사람의 증언의 약점을 공략하려고 할 테지만…….'

하지만 쉬운 일이 아니다.

증언이라고는 그저 삐쭉 나와 있는 걸 봤다는 말뿐이다.

일반적으로 증언이 복잡할수록 공격할 거리가 많아져 공격하기가 편하고, 오히려 이렇게 간단하면 상황을 타개하기가 어려워진다.

'미리 알려 줬겠지.'

노형진은 의자에 앉아 자신을 물끄러미 쳐다보는 원고 측 변호사를 바라보았다.

그가 사전에 야기해 놨으니 우리는 제자리에 있었는데 잘못 본 거 아니냐고 따져 봐야 소용이 없을 건 당연한 일.

'못 뒤집을 거라 생각하겠지.'

이 경우 대부분의 변호사들은 그 싸움에 휘말려서 제대로 공격도 못 한다.

그러나 방법이 없는 건 아니었다.

"증인, 증인은 여기서 선서했지요?"

"그렇습니다."

"그러면 그게 무슨 의미인지는 알지요?"

"네?"

갑자기 선서에 대한 압력이 시작되자 그는 당황했다.

'그래, 변호사가 미리 이야기해 주지 않았겠지.'

이런 건 다른 변호사는 생각도 못 할 방식이니까.

"증인은 여기서 한 번 더 선서를 할 수 있겠습니까?"

"네? 그거야……."

"하실 수 있나요, 없나요?"

"할 수 있습니다."

한 번 했는데 두 번 못 하겠느냐는 생각으로 간단하게 말하는 고중만.

"재판장님, 그렇다면 여기서 다시 한 번 선서해 주시기 바랍니다. 그리고 만일 거짓으로 증언할 경우 그에 따른 처벌을 명확하게 고지하여 주시기 바랍니다."

"선서를 다시 하라고요?"

"그렇습니다."

이런 경우는 처음이기 때문에 판사는 약간 어리둥절했지만 그다지 어려운 게 아니었기 때문에 다시 한 번 증인 선서를 시키고 이번에는 처벌에 대해서 명확하게 설명까지 해 줬다.

"증인은 이제 증언에 대한 무게감이 느껴지시나요?"

"네."

그는 담담하게 말했다.

물론 진짜 느껴지는 게 아니라, 이래 봐야 무슨 의미가 있냐는 정도겠지만.

"좋습니다, 증인. 증인의 대기 장소가 어디지요?"

"네?"

"대기 장소 말입니다. 그 당시 사고가 났을 때 상당히 빨리 왔지요? 그렇지요?"

"어……."

"여기 증언석입니다. 그 당시 경찰이나 구급차에 확인하면 다 알 수 있어요."

노형진이 살짝 압박을 가하자 그는 어쩔 수 없이 고개를 끄덕거리면서 사실을 인정했다.

"그렇습니다."

"그래서 대기 장소는 어딘가요? 기름값 들여 가면서 계속 움직이지는 않을 텐데."

"어……."

"사실대로 말하세요."

"○○사거리쯤 됩니다."

"그렇군요."

노형진은 고개를 끄덕거렸다.

○○사거리라면 자신도 아는 곳이다.

"그래서 그곳에서 사고가 나면 달려가는 거군요."

"네."

"그럼 그날 운전은 잘하셨나요?"

"네? 그거야 잘했지요."

"그럼 그날도 대기하고 있다가 사고가 났다는 연락을 받고 온 거지요?"

"네."

대부분의 말에 수긍하는 고중만.

그게 어떤 형태가 되어 가는지 모르는 고중만은 어쩔 수 없이 사실대로 말해야 했다.

모든 것이 다 확인해야만 알 수 있는 사항이었기 때문이다.

"좋습니다."

거기까지만 질문하겠다는 의미로 받아들인 고중만은 고개를 갸웃했다.

지금까지 물어본 건 사건과 아무런 관련이 없었기 때문이다.

"그래서 ○○ 현장에서 사고 현장까지, 증인의 주장에 따르면 대략 8분에서 9분 만에 도착한 건데요."

"네."

"그런데 어떻게 오셨습니까?"

"네?"

"그날은 야구 경기가 있었던 날입니다. 쏟아지는 차가 엄

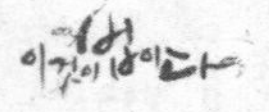

청 많았지요. 의뢰인 역시 야구 경기를 보고 나오는 중이었으니까요. 그래서 야구 경기장에서 해당 사고 위치까지 가는데 대략 27분 걸렸습니다. 그런데 ○○사거리는 야구장보다 좀 더 먼 거리에 있지요. 산술적으로 도착할 수 있는 시간이 안 나옵니다. 증인은 그곳을 오면서 안전 운전하고 교통법규를 지켰나요?"

"어……."

고중만은 어쩔 줄 몰라 했다.

'지켰을 리 없지.'

신호는커녕 역주행까지 하지 않으면 절대로 그 시간에 도착할 수가 없다.

설사 경기가 없는 평일이었다 해도 불가능한 시간이다.

"증인, 어떻게 도착했습니까?"

노형진은 고중만을 바라보면서 다시 한 번 물었다.

원고 측 변호사는 노형진이 노리는 바를 이제야 알아채고는 사정없이 눈을 찡그렸다.

하지만 이미 질문이 완성된 이상 자신이 할 수 있는 게 없었다.

"교통법규를 지키면서 안전하게 왔겠지요?"

노형진의 되물음.

그러나 대답하지 못하는 고중만.

그럴 수밖에 없는 게, 만일 여기서 다 지키고 갔다고 하면 논리적으로 그 시간에 거기에 있다는 것이 말이 안 된다.

하나 그렇다고 다 어기고 갔다고 하면 자신이 처벌받을 수도 있게 된다.

그는 법에 대해서 모르니 자신의 처벌에 대해서만 신경을 쓰기 시작했고, 결국 거짓말을 했다.

“전 법규를 다 지키면서 갔습니다.”

“그런데 어떻게 도착했지요?”

“제가 갈 때는 길이 탁 트여 있던데요?”

“그래서 어떠한 위법 사항도 없이 제시간에 그렇게 빠르게 도착했다?”

“네.”

노형진은 피식 웃었다. 드디어 걸린 것이다.

“증인, 거짓말하면 좋습니까?”

“거짓이 아닌데요.”

“그래요? 하지만 경찰이랑 구급차는 이야기가 좀 다를 텐데요? ○○사거리 근처면 거기에 소방서가 있지 않았나요? 거기서 구급차가 출동했을 텐데요?”

고중만은 아차 싶었다.

경찰차는 돌아다니면서 연락을 받으면 출동할 수 있지만 구급차는 아니다.

그러니 소방서에서 출발해야 하는데, 같은 곳에서 출발했는데 법적으로 긴급차량에 들어가서 더 빠를 수밖에 없는 구급차보다 견인차가 더 빨리 달려갔다?

"그리고 제가 그 당시에 입원했던 병원이 ○○사거리에 있던 병원입니다. 그런데 그곳에 갈 때 보니 어마어마하게 막히더군요. 다만 그쪽으로 가는 길은 뻥 뚫려 있던데요?"

"그…… 그랬나요?"

"네. 역주행과 신호 위반을 했다면 충분히 올 수 있을 시간일 것 같은데."

"……."

"그래서 증인, 어떻게 제시간에 왔지요?"

노형진은 정곡을 찔렀다.

하지만 고중만은 이번에는 아무 말도 하지 못했다.

할 수가 없었다. 실제로 그곳에 가기 위해서 과속에 역주행에 신호 위반까지 했던 것이다.

"증거 있습니까!"

상대방 변호사는 다급하게 질문을 막으려고 했다. 하지만 그럴 수가 없었다.

"증거를 내놓으라고 하는 게 아니라 상황에 대한 답변을 요구하는 겁니다. 증인의 주장에 대해서 논리적으로 확인하는 것이 증인신문 아닌가요?"

"인정합니다. 원고 측 변호인, 증인신문 방해하지 마십시오."

"어…… 그러니까……."

"만일 법을 지켰다면 그 길 주변에 CCTV나 차량 같은 걸 확인해 보면 안전 운전하는 게 보이겠네요?"

"……."

고중만은 어떻게 해서든 머리를 굴려 빠져나가 보려고 했지만, 이건 도무지 답이 없었다.

"증인, 다시 한 번 묻겠습니다. 역주행했어요, 안 했어요? 신호 지켰습니까?"

"……."

"재판장님, 증인은 지금 대답하지 못합니다. 애초에 이론적으로 그 시간 안에 사고 현장에까지 오는 것은 불가능합니다. 그렇다는 것은 증인이 그날 행동에 대해서 거짓을 말하고 있다는 뜻입니다. 그렇다면 증인의 증언에 대해서 그 신빙성을 의심해 봐야 한다고 생각합니다. 증인은 현재 명백한 위증을 하고 있습니다."

판사는 고개를 끄덕거렸다.

노형진이 한 말대로라면 그는 그날 자신이 한 행동에 대해서 위증을 하고 있다.

그리고 분명히 두 번이나 증인 선서를 시키면서 증언이 얼마나 중요한 일인지 가르쳐 줬다. 그런데도 거짓말을 했다면…….

"서기관, 해당 증언 삭제하세요. 증인의 증언 효력을 부정하겠습니다. 그리고 증인을 위증죄로 고발하겠습니다."

"허억!"

일이 예상치 못한 방향으로 나가자 고중만은 당황했다.

"자…… 잠깐만요! 저는 그럴 이유가……!"

"경비, 연행하세요."

"판사님!"

끌려 나가는 고중만을 보면서 상대방 변호사는 정신이 멍했다.

설마 증인을 위증죄로 처박아 버리는 방식으로 증언을 무력화시킬 줄은 예상하지 못했던 것이다.

'간단하게 대답해서 반박하지 못하게 된다면, 그 증인을 없애면 그만이지.'

고중만이 끌려 나가면서 아우성하자 노형진은 상대방 변호사를 바라보았다.

"과연 고중만이 무슨 말을 할지 궁금하지 않습니까? 후후후."

⚖

"취하?"

고중만이 끌려가자마자 회사에서는 잽싸게 소송을 취하했다.

"아무래도 고중만이 잡혀간 게 부담이 되었을 테니까."

고중만에게 위증을 교사한 것은 그들이다. 만일 고중만이 사실을 다 까발리면 위증 교사범으로 자신들이 처벌받게 된다.

"그러니 사건에 대한 부담을 덜려고 취하한 거야."

"와, 이런 얍삽한 놈들을 봤나."

손채림은 어이가 없다는 듯 말했다.

자기들이 돈 몇 푼 안 주려고 소송을 걸고 위증까지 교사한 주제에, 질 것 같으니 잽싸게 취하라니.

"아마 조만간 연락이 오겠지만, 10 대 0이 되겠지."

그리고 판사와 거래해서 고중만을 풀어 주는 쪽으로 갈 것이다.

"그런데 우리 사건이 진행되고 있으면 아무래도 그 거래라는 게 불가능하거든."

노형진과 새론은 작은 규모가 아니고, 사건이 진행 중일 때는 작은 것 하나 놓치지 않는 걸로 유명하다.

그러니 그들이 거래해서 고중만을 풀어 주고 싶어도, 불가능하다.

"완전 생양아치들이네."

손채림은 부러진 팔을 보면서 입맛을 쩝쩝 다셨다.

이런 식으로 자신들을 농락할 줄이야.

"블랙박스가 많아지면 이런 짓거리 못 하려나?"

"그렇지."

"그런데 블랙박스를 달면 보험료를 내려 주잖아? 그러면 손해 아니야?"

"고작 1%."

노형진은 피식 웃었다.

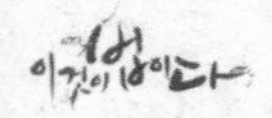

보험료를 내려 주긴 하는데 그래 봤자 고작 1%, 잘해야 2% 정도이다.

일견 보면 블랙박스 보급에 앞장서는 것 같다. 하지만 거기에도 다 목적이 있었다.

"블랙박스가 있으면 재판을 안 해도 되잖아."

"아!"

"그리고 블랙박스가 사라지면 손해 사정인을 쓸 이유도 없어지고."

그들은 1%를 깎아 준다. 많아 봐야 1만 원 정도 될 것이다.

하지만 손해 사정인을 쓰지 않게 되면 그보다 더 많이 남는다.

"그들은 기업이야. 기업의 목적은 결국 돈이지."

"왠지 씁쓸하네."

사람들이 보험을 드는 이유는 미래에 일어날 혹시 모를 사태를 대비하기 위해서이다. 그런데 정작 그 사태가 왔을 때 돈을 받지 못한다면 무슨 소용이 있단 말인가?

정작 보험사들은 비상시에 도와주려고 하기는커녕 어떻게 해서든 돈을 안 주려고 힘든 사람들에게 소송을 걸어 댄다.

"물론 보험은 필수야. 하지만 그걸 관리하는 데에는 전문가들이 필요하지."

"음……."

그냥 보험 들었다고 안심하면 안 된다.

"그러면 보험 쪽 소송 팀을 만들어 보는 건 어때?"

"보험?"

"그래. 그날 보니까 사건이 어마어마하더만."

"흠, 좋은 생각이네."

주지 않으려고 하는 보험회사는 무차별적으로 소송을 거는 경향이 있다. 그러니 그들을 전문적으로 방어하는 팀이 있다면 매년 어마어마한 수익을 낼 수 있을지도 모른다.

후불제로 한다면, 어차피 못 받는 돈이니 의뢰하려고 하는 사람도 많을 테니까.

"대보험사 결전 병기라……."

"결전 병기라니. 우리가 무기냐?"

"보험사 날려 버리는 거 보니까 대보험사 결전 병기라고 해도 무방하겠던데?"

손채림이 배시시 웃으면서 말하자 노형진은 피식 웃었다.

"그나저나 그러면 대보험사 최종 병기는 누구를 써먹지?"

그들은 웃고 있었지만, 새론의 변호사들에게는 일거리라는 암울한 구름이 몰려가고 있었다.

입으로는 뭔들 못 하나

“단체를 해체하고 싶다고요? 그건 제 소관이 아닌 것 같은데요. 본인들이 운영하는 단체라면 직접 나서야 하지 않을까요?”

노형진은 눈앞에 있는 사람들을 보면서 말했다.

하지만 그런 노형진에게 눈을 맞추는 사람은 한 사람뿐이었다. 다름 아닌 유찬성 의원이었다.

“나도 그러고 싶지. 저런 놈들이 있다는 거, 진보 측의 입장에서도 창피한 일이거든. 그런데 저항이 심해서 말이지. 더군다나 아무래도 정치인들과 결탁해 있다 보니까 내가 몇 번 건드리니 당에서 한 소리 하더군. 자기네 편인데 왜 자꾸 건드냐고.”

“자기네 편?”

"웃기지 않나? 아니, 잘못된 걸 고치는데 자기네 편이 어디 있어? 하여간 그래서 내가 아무래도 못 나서겠다 싶어서 말이야, 자네에게 조언을 좀 구해 볼까 싶어 온 걸세."

유찬성 의원의 말에 노형진은 머리를 북북 긁었다.

"흠……."

그러다가 주변에 있는 다른 사람들을 바라보았다.

"유 의원님만의 의견은 아닌 거죠?"

"아닐세. 몇몇 의원들도 나와 같은 생각이야. 그리고 사정을 아는 일부 진보 단체들도 동의하고. 그런데 아무래도 그 녀석들이 세력화되어 있기도 하고, 특히 힘이 있는 의원들과 친하다 보니 쉽지 않은 거야."

"그렇군요."

노형진은 이해한다는 듯 고개를 끄덕거렸다.

해가 바뀌어도 정치가 갑자기 깨끗해지는 경우는 없다.

작년에 있었던 보수 단체의 가면을 뒤집어쓴 북한 간첩단 사건처럼, 진보의 가면을 쓴 사기꾼들은 아직도 활동하고 있었다. 그리고 그게 문제였다.

"아무래도 그 이후에 보수 단체에서 자정 노력이 상당히 벌어졌거든."

"알고 있습니다."

"그래서 그 이후에 이런 단체를 그냥 두면 우리 지지나 까먹는 놈들이 된단 말이야. 그런데 위에서는 절대로 손을 대

지 못하게 해서 자네 도움을 좀 받으려는 거네. 뭐, 진짜로 도움이 필요한 사람들도 있고."

유찬성은 약간 어색한 듯 헛기침하면서 말했다.

하긴, 자기네 추문을 외부로 공개하는 것은 쉬운 게 아니다.

보수 측도 오랜 고민 끝에 그랬는데 진보라고 다르겠는가?

추문 공개는 공격의 빌미를 만들기 때문이다.

하지만 그렇다고 그냥 둘 수는 없는 노릇.

"이걸 그냥 두면 나중에 더 크게 터질 테니까. 곪아서 터지기 전에 없애는 게 난 맞다고 생각해서 말이야."

노형진은 고개를 끄덕거렸다.

대부분 이런 경우에는 호미로 막을 수 있는 것을 그냥 두었다가 잘못 터지면 가래로도 못 막게 되는 일이 허다하니까.

'그나저나 유찬성 의원이 썩었다고 할 정도면 도대체 어느 정도야?'

유찬성 의원이 진보 측의 거물이기는 하지만 전문 정치인이다. 그것도 4선이다.

애석하게도 대한민국에서는 깨끗하기만 해서는 4선 의원을 하지 못한다.

너무 깨끗하면 당 차원에서 부담을 느끼고 공천 자체를 해주지 않는 성향이 있기 때문이다.

'그리고 말은 안 했지만 자기 문제도 있을 거야.'

유찬성 의원이 지금 당 내부에서 공격받고 있다는 건 노형진도 알고 있었다.

그가 진보 측에서 수십 년 동안 듣던 빨갱이나 종북 소리를 듣지 않게 해 주었고 그로 인해 선풍적인 인기를 끄는 사람임에도 불구하고 공격받는 건, 그 인기 때문이다.

인기가 높아질수록 그의 발언권도 세지는데, 그게 부담스러운 다른 계파에서 공격을 하기 시작한 것이다.

'아마도 그 단체는 다른 계파에 속해 있겠지.'

그것도 상당한 규모일 것이다.

그러니 유찬성이 나서서 무너트리려고 하는 것일 테고.

'뭐, 내가 알 바 아니지.'

그들이 잘못된 집단이라면 무너트리고, 아니라면 그냥 두면 되는 일이다.

"그 단체 이름이 산들바람 맞습니까?"

"그러네."

"그런데 없앨 수는 없다고요?"

"아무래도 세력이 크다 보니까 쉽지 않아."

"흠……."

산들바람.

장애인 복지 단체로, 노형진도 이름은 아는 곳이다. 장애인들을 위해서 많은 일을 하는 곳이라고 들었다.

그러나 그 이면에는 자신이 모르는 뭔가가 있는 모양이었다. 그러니 유찬성 의원이 없애려는 것일 테고.

"왜 그곳이 문제인가요?"
"그들은 장애인을 위해서 일하지 않는다네."
"네? 하지만 그들은 장애인 단체인데요?"
"자네, 파트타임 사건 한 적 있지?"
"네? 아, 그렇지요."
파트타임 사건은 노조를 만들지 못해서 착취당하는 아르바이트생을 도와 노형진이 방송국을 만들어서 인터넷에 뿌리는 방식으로 응징하게 해 준 사건이었다.
"그런데 그때 파트타임 노조에서 도와주던가?"
노형진은 고개를 흔들었다.
그 당시에 파트타임을 하는 사람들을 돕기 위해서 소송을 하는데도 자칭 파트타임 노조라는 곳은 전혀 신경도 쓰지 않았다.
"그곳도 마찬가지야. 엄밀하게 말하면 그 파트타임 노조나 산들바람이나, 다른 조직의 산하 조직 중 하나지."
"네?"
그건 몰랐던 일이다. 파트타임 노조가 그들과 한패라니?
"정확하게 말하면 진실재단이라는 곳이 문제야. 산들바람도 파트타임 노조도 다 진실재단 소속이야. 이번 문제의 핵심이지."
"그러면 의뢰 대상은 산들바람이 아니라 진실재단이군요."
"그렇지."

"좀 복잡하네요."

노형진은 진실재단이라는 말에 머리를 북북 긁었다.

"진실재단은……."

"압니다. 말씀 안 하셔도 그들에 대해서는 좀 알지요."

진실재단은 정치적으로 봤을 때 극좌에 속하는 집단이다.

물론 그들이 북한식 사회주의를 추구하는 것은 아니다. 하지만 그들이 내거는 여러 가지 요구는 너무 극단적인 경우가 많다.

'그런데 정작 말장난만 할 뿐이라는 거지.'

노형진이 이렇게 한숨을 쉬는 데에는 이유가 있다.

일단 그들이 극단적인 성향을 가지고 있는 것도 그렇거니와, 생각보다 좋은 곳이 아니기 때문이다.

"이름을 빼앗기신 거군요."

"잘 아나?"

"알지요."

"산들바람은 잘 모르면서?"

"그곳이야 작은 단체니까 관심을 가지지 않은 것뿐입니다. 그래서 그 산하단체인지도 몰랐구요. 하지만 진실재단은 알지요. 바르지 않은 곳인 건 압니다."

진실재단의 가장 큰 문제는 그들이 극단적 복지 주의를 요구하는 것이다.

사실 복지라는 게 나쁜 건 아니다.

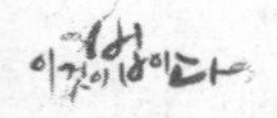

복지가 제대로 되어야 사람들이 제대로 생활이 가능하고 또 새로운 도전을 해서 새로운 기술을 만들거나 기업을 이끌 수 있다.

그런데 문제는 그들의 복지가 말장난이라는 것이다.

진실재단은 복지를 외치기는 하지만 정작 복지 자체에는 관심이 없다. 정확하게 말하면 그 뒤의 떡고물에만 관심이 많다고 표현해야 할 것이다.

이게 크게 나중에 터지면서 진보에 악영향을 주게 된 사건이 있다.

그 때문에 노형진이 진실재단이라는 곳을 알고 있는 것이다.

"바르지 않은 정도가 아니야. 약자를 팔아먹어서 사는 놈들일세. 내 더러운 정치판에 몸담았다고 하지만 최소한 약자의 돈을 털어 먹지는 않았네."

유찬성도 상당히 마음에 안 든다는 듯 말했다.

노형진도 그 부분은 수긍했기 때문에 입맛을 다시는 것 말고는 할 말이 없었다.

"쩝."

노형진이 곤란해하는 것은 그들의 확장 방식 때문이었다.

그들은 소위 소수자라고 하는 사람들을 대표한다고 주장한다. 그런데 그 이면에는 그들의 속임수가 들어 있다.

그들의 방식은 간단하다.

소수자라고 불리는 사람들, 즉 장애인이나 페미니즘을 추구하는 사람, 또는 사회운동을 하는 사람이나 성 소수자 등, 사회적으로 약자인 사람들에게 접근한다.

그리고 함께 단체를 만들어서 활동하자고 한다.

다른 곳도 아니고 거대 단체에서 도와준다고 하니 그런 사람들은 그들을 환영한다.

'거기까지는 좋은데 말이지.'

문제는 그 후다.

단체가 만들어지고 나면 주도권은 진실재단이 가져간다.

어쩔 수가 없다. 체계적인 운동 방식도 그들이 알고 있고 정치인들과의 접점도 그들이 쥐고 있으니, 지원을 받으려면 그들에게 주도권을 주지 않을 수가 없다.

그들은 그 점을 이용해서 자신들의 사람을 해당 단체에 내려보낸다. 그 후에 본색을 드러낸다.

소수자나 인권 피해자를 이용해서 세력을 만들고, 그 후에 정부에 등록해서 국가 지원을 받는다. 그리고…….

'꿀꺽이지.'

그 이후부터는 진짜 피해자나 소수자, 장애인을 챙기는 게 아니다.

국가에서 나오는 국가보조금과 단체 지원금을 그들이 빼먹는다.

물론 아예 활동을 안 하는 것은 아니다. 하지만 그 대상은 자신의 말을 잘 듣는 사람들에 한정된다.

'그러고 보니 미래에 문제가 되기도 하지.'

그들은 건물 하나를 사서 그곳에서 나오는 수익으로 장애인을 돕겠다고 했다. 그래서 지원을 받고 기부금을 받아서 건물을 샀는데, 거기에 들어선 곳이 성매매 업소다.

그곳에서 관련자들은 매일같이 성 접대를 받았고, 그나마도 5년쯤 지나서 사람들이 잊어 갈 때쯤 그 건물은 매각되었고 매각 대금은 당연히 사라졌다.

'진실재단 같은 소리 하고 자빠졌네. 그놈들한테 진실이 어디 있어?'

지난번에 보수를 팔아서 북한을 도와주던 간첩들처럼, 그들은 장애인과 소수자를 팔아서 배를 채우는 사기꾼들이었다.

"가장 큰 문제가 뭔지 아나?"

"가장 큰 문제요?"

"그래."

안 그래도 그들의 행동에 대해서 알고 있는 노형진이 좋지 않게 보고 있는데 그들에 대해서 한마디 더하는 유찬성 의원.

그는 머리를 절레절레 흔들었다.

"그들의 선민의식은 상상 이상이야. 심지어 나도 무시하네."

"네? 하지만……."

유찬성 의원은 진보 계열에서 거두이고 또 이번에 인기도 많이 늘었다. 더군다나 돌격대장이라는 이미지와 다르게 그는 서울대를 나오고 유학까지 한, 소위 말하는 엘리트 계층이다.

그런데 그런 그를 무시한다고?

"그들의 선민의식은 공부나 학력, 혹은 경험에서 나오는 게 아닐세. 자신들이 진정한 진보다, 자기들이야말로 선택받은 사람들이다, 그런 아집이지. 쉽게 말해서 '너희는 썩었고 우리는 올바르다. 그런데 너희는 그걸 모른다. 그걸 아는 나는 정당하고 정의롭다.'라는 개념이지."

"뭔 '중2병'이라도 단체로 걸렸답니까? 왼팔에 흑염룡이라도 한 마리씩 품고 있대요?"

"'중2병'? 흑염룡? 하하하, 정확하군. 비슷하네. 맞아, 그것과 비슷하지. 세상은 비틀어져 있는데 나만 바르다는 그런 생각. 거기서 시작된 선민의식이야. 그래서 고쳐지지도 않지. 차라리 '중2병'은 나이를 먹으면 나아지기라도 하지, 그 놈들은 아니야."

그들은 자신들이 진보로서 세상을 이끌어 간다는 생각을 가지고 있고, 자신을 따라오면 다들 잘 먹고 잘사는 세상을 만들 수 있다고 생각한다.

그건 좋다. 문제는 그 이후다.

내가 진보를 이끌어서 살기 좋은 세상을 만들었으니 내가 위에서 군림하겠다, 그게 그들의 생각이다.

'그게 무슨 진보야? 그냥 이권 단체지.'

그냥 지금 권력자들과 자리만 바꾸겠다는 뜻이다.

기득권을 몰아내고 자신들이 권력을 잡는 식이다.

"더군다나 그놈들의 문제는 세상을 바꾸기 위한 노력을 절대로 하지 않는다는 걸세. 세상에 불만이 있으면 그걸 고치려고 노력해야 하는데 그건 안 해. 입으로만 떠들 뿐이지."

"입으로만 떠든다라……. 맞는 말이군요. 입으로는 뭔들 못 하겠습니까?"

"그러니까 문제인 걸세. 내가 4선 의원을 하면서 느낀 게 뭐냐면, 말로는 아무것도 고쳐지지 않는다는 거야."

뭔가를 고치기 위해서 노력하는 게 아니다. 그저 불만을 떠들 뿐이다.

그리고 누군가가 그걸 고치면 자신이 고치는 데 일조했다면서 이익을 요구한다.

"그 녀석들이 자기들이 했다고 하는 걸 보면 대부분 남이 한 거야. 장애인 복지 문제에도, 그들은 아무것도 안 해. 그래 놓고는 입으로만 자기들이 고쳤다고 하지."

"정치는 돈이니까요."

"그러니까."

뭔가를 고치기 위해서는 투쟁하든 로비를 하든 해야 한다. 그리고 그러한 행동에는 다 돈이 들어간다.

사람들이 자발적으로 나와 준다고 해도 기본적으로 필요한 용품들이 있으니까.

'하지만 그 돈이 아까운 거지.'

그러니 불만을 떠들지언정 행동으로 옮기지는 않는다. 그래 놓고 누군가 희생해서 고치면 그걸 자기 업적으로 떠들면서 더 돈을 요구한다.

그들의 오래된 방식이자, 많은 사람들이 속아 넘어가는 방식이다.

"그놈들을 없애고 싶으신 거군요."

"부패는 상대적인 거야. 저쪽에서는 부패한 집단이 날아갔는데 우리 쪽에 부패한 곳이 남아 있으면 우리가 더 부패한 것처럼 보일 수밖에 없지 않나?"

"음……."

사실 진실재단은 미래에 날아간다.

대대적인 수사를 받아서 어마어마한 규모의 탈세와 횡령이 드러나고, 장애인들에 대한 착취와 소수자에 대한 차별 등이 발각되어서 말이다.

그들은 장애인을 병신이라고 부르고 성 소수자를 창녀라고 무시하면서 권력을 공고하게 하다가 대대적으로 감사를 하자 진실이 드러나면서 무너졌다.

'하지만 그렇게 되기까지 너무 오래 걸린단 말이지.'

노형진은 그 부분을 기억해 내고는 고민을 했다.

"그런데 왜 그렇게 마음을 먹으신 겁니까?"

노형진은 그 부분이 궁금했다.

자기편이라고 생각했던 진실재단에 대한 유찬성의 태도가

왜 갑자기 돌변한 것일까?

물론 다른 계파라고 하지만 그걸 건드릴 정도면 심각한 문제가 있다는 뜻이다.

단순히 권력 싸움, 내부의 문제가 아닌, 뭔가가 있다는 소리였다.

"이걸 좀 보겠나?"

노형진에게 자신의 핸드폰을 건네주는 유찬성.

그걸 받아 든 노형진은 그가 찍은 사진으로 보이는 걸 살펴봤다.

"도시락이네요?"

"그래, 도시락이지."

핸드폰에는 도시락 사진이 찍혀 있었다. 그리고 그걸 본 노형진은 피식 웃었다.

"어디 예비군 훈련장이라도 가서 찍어 온 겁니까?"

"이게 1만 원이야."

"네?"

노형진이 예비군 훈련장이라고 놀린 것은 예비군 훈련장에서 나오는 도시락이 그만큼 부실하기 때문이다. 지금 눈앞에 있는 사진의 도시락은 그것보다 더하면 더했지, 결코 덜하지는 않았다.

그런데 1만 원이라니?

"이게 1만 원이라고요?"

"그래."

"설마요."

아무리 봐도 1만 원은커녕 원가가 1천 원도 안 될 것 같은 도시락이다.

내용을 보면 밥에 콩나물에 무생채에 깍두기, 이게 한 세트다. 국은 아예 없다.

그런데 이게 1만 원이라고?

"편의점 도시락도 이것보다는 나을 것 같은데요."

"내 말이 그 말일세. 이게 뭔 짓인가?"

"설마 이게 그들이 장애인들에게 나눠 주는 겁니까?"

"그래."

아무리 그들이 통짜라고 해도 돈을 받고 아무것도 하지 않을 수는 없다. 그러니 명목상으로 뭔가 돈이 나갈 만한 구석을 만들어야 하는데, 그중 하나가 이 도시락 사업이다.

공식적으로 장애인이나 독거노인 그리고 소년 소녀 가장을 위해서 도시락을 제공한다는 건데…….

"이게 1만 원……."

"그래."

그들이 제출한 서류에 따르면 이게 1만 원이다.

"심지어 얼마 전에는 식중독 사고도 터졌다네."

"얼마 전이라고 하면, 몇 달 되었습니까?"

"아니, 2주 전에. 내가 그래서 마음을 독하게 먹은 것이고."

"2주 전요?"

식중독 사고가 일어나는 이유는 음식에 세균이 발생하기 때문이다. 그래서 음식을 최대한 냉장 보관하라고 하는 것이다.

그런데 지금은 한겨울이다. 그러니 어지간해서는 음식이 얼어 버리지, 상하지는 않는다.

만일 음식이 상해서 식중독이 발생했다면…….

"유통기한을 어마어마하게 넘겼나 보군요."

"그렇게 추정하네."

음식물의 유통기한과 섭취 기한은 다르다.

가령 유통기한이 2주라고 하면, 섭취 기한은 냉장 보관할 때 한 달 이상도 가능하다.

그런데 한겨울이라 냉장도 아니고 냉동일 테니 그 사실이 뜻하는 건 하나뿐이다.

해당 식품의 유통기한을 6개월 이상 넘겼다는 뜻.

즉, 여름부터 부패해 있었을 가능성이 높다는 뜻이다.

"이딴 걸 내놓고 정부자금을 받아 가고 있더군."

"미친."

절로 눈이 찡그러졌다.

"그래서 내가 마음을 독하게 먹은 걸세. 이대로는 돈이 문제가 아니라, 피해자가 너무 많아."

"음……."

장애인이나 노약자의 경우에는 일하는 것도 쉽지 않다.

아파서 병원에라도 한번 가게 되면, 그들은 생활 자체가 힘들어질 정도다.

"그리고 노약자분들 중에는 위험한 분들도 많지."

"그렇지요."

식중독에 걸려 본 사람은 안다, 먹는 족족 모조리 설사로 빠져나간다는 것을.

아니, 애초에 먹는 것 자체가 쉽지 않다.

말 그대로 체력이 바닥으로 떨어지는 게 식중독이다. 간호하는 사람들이 있을 때조차도 그 지경인데, 혼자 사는 독거노인들은 잘못 걸리면 심각한 문제가 된다.

설사 고비를 넘긴다고 해도 심각한 체력 저하로 사망할 수도 있는 것이다.

"실제로 여름에 그런 걸로 의심되는 사건이 있었고."

노형진의 얼굴이 딱딱해졌다.

단순히 상한 음식을 먹는 것과 그로 인해서 사망자가 발생하는 것은 전혀 다른 문제가 된다.

하지만 유찬성의 성격상 그냥 의심만 말하지는 않을 것이다.

"그게 무슨 말씀이십니까?"

"내가 이런 사정을 알고 조사를 좀 했네."

유찬성 의원이 이 사건을 알게 된 것은 지역구에서 자원봉사하는 어떤 자원봉사자 때문이었다.

그는 독거노인들을 도와주는 자원봉사를 했는데, 여름에

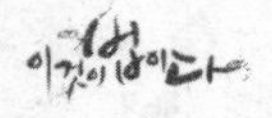

식중독이 돌아서 독거노인들이 고생을 했다는 것이다. 그리고 결국 그로 인해서 체력이 떨어진 노인들 중 몇 명이 사망했다는 것.

"그 정도면 역학조사가 들어가야 하지 않았나요?"

"아까 말했잖나, 우리 쪽 정치인들과 선이 닿아 있다고."

"아……."

큰 사건도 아니고 단순 식중독 정도이니 정치인의 전화 한 통 정도면 어렵지 않게 무마될 것이다.

그리고 엄밀히 말하면 노인들은 식중독이 아니라 그로 인한 체력 저하로 사망한 것이다. 그 말은, 병원에서 그냥 관련 없다고 하면 누구도 의심하지 않는다는 것이다.

"그래서……."

"그래."

제보는 더 일찍 받았지만 관련된 자들이 힘이 있는 이들이라 섣불리 사실을 공개할 수 없었다.

그래서 몰래 조사했는데, 그 원인이 이 사진에 있는 도시락이라는 것이다.

"매일 이 지경입니까?"

"거의."

이 사진을 찍어서 보내 준 사람들의 말에 따르면 대부분의 경우가 이 지경이고, 고기가 들어 있는 경우는 극히 드물다고 한다.

"아껴 먹다가 탈이 났을 가능성은요?"

그런 경우가 있다. 이쪽에서는 정상적으로 줬는데 아무래도 하루 한 끼 다 먹어 치우는 게 아까우니 그걸 아껴서 두 끼나 세 끼로 먹는 사람들이 있는 것이다.

그런 경우 가끔 상하는 수가 있다.

특히 노인분들은 그다지 많이 드시는 건 아니니까.

"나도 그런 의심은 했네. 하지만 아이들까지 그러더군."

"사망자는 없고요?"

"그래, 다행히도."

아이들은 언제나 배가 고프다. 아껴서 두 번에 나눠 먹는 게 사실상 불가능하다. 한창 자라는 나이이니 부족할 수밖에 없는 것이다.

더군다나 사진상의 도시락은 빈말로라도 풍족하다고는 절대로 말할 수가 없다.

그럼에도 불구하고 아이들 역시 식중독에 걸렸다면…….

"역시 도시락이 문제군요."

"그래."

노형진의 말에 유찬성은 고개를 끄덕거렸다.

"그 의원님은 뭐라고 하던가요?"

유찬성 의원의 성격상 이걸 알고 그냥 두고 보았을 리 없다. 당연히 다른 의원에게 따졌을 것이다.

"자기는 모르는 바라고 하더군."

"그건 틀린 말은 아닐 겁니다."

그들은 도시락을 만드는 사람이 아니다. 다만 그 과정에서 횡령된 돈을 빼돌리는 사람이지.

"그래서 자네에게 온 걸세. 내가 내부에서 할 수 있는 게 없으니까."

아무리 유찬성이 발언권이 강해진 상황이라고 해도 한 계파를 상대로 싸우는 건 쉬운 일이 아니다.

"유 의원님의 계파에서는 말이 없나요?"

"아무래도."

"부담스럽겠군요."

분열로 망한다는 진보인 만큼 그가 속한 계파도 있다. 당연히 그가 이런 일을 들고 가면 도와줘야 한다.

하지만…….

"지금은 시기가 아니지 않나?"

"시기가 아니다?"

"그래. 간첩 사건이 생각보다 크지 않았나?"

"아……."

간첩 사건으로 많은 사람들이 현 정권이 아니라 진보 측 정당으로 쏠려 있는 때였다. 그런데 이런 일이 외부에 터지면 그 인기는 마치 거품처럼 꺼지게 될 것이다.

"그걸 두려워해서 방치를 선택한 거군요."

"그래."

"차라리 언론에 터트려 보시지요. 이거 터트리면 언론들이 난리가 날 텐데요."

이걸 터트리면 언론은 하이에나처럼 달려들어서 진실재단을 물어뜯을 것이다.

특히 특정 친親정부 언론들은 아예 박살을 낼 기세로 달려들 것이다.

"그게 문제야."

"네?"

"그들에게는 중간이 없네. 불똥이 엉뚱한 곳으로 튈 거야."

"아아……."

간첩 사건 이후에 자금은 그나마 공평하게 돌고 있는 상황이다.

하지만 만일 이게 외부에 공표된다면 그걸 핑계로 정부는 진보 단체에 대한 대대적 감사를 할 테고, 그 결과의 끝은 과거처럼 모든 돈이 보수 단체로 돌아가는 사태가 될 것이다.

"언론은 이용하기 힘들다는 뜻이군요."

"나도 언론에 까발리면 좋지."

하지만 그걸 까발리면 지금 다급한 보수 쪽이 약점을 물어뜯으려고 달려들 것이다. 그리고 언론의 대다수를 좌지우지하는 특성상, 그들은 진보를 갈갈이 찢어 낼 것이다.

"안 그래도 요즘 이상하게 사건 사고가 많았지요."

"많은 것처럼 느낄 뿐이지."

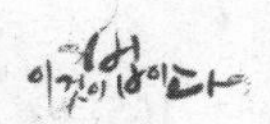

유찬성은 씁쓸하게 말했다.

사건 사고야 언제든지 있었다. 그러나 평소에는 드러나지 않던 것도 요즘에는 드러난다.

간첩단 사건을 덮기 위해서 무차별적으로 터트리는 중이니까.

그런 상황에서 이게 터진다?

간첩질을 한 가짜 보수보다 더 심하게 공격받게 될 것은 당연한 일.

'그놈의 돈이 뭔지.'

노형진은 한숨만 나왔다.

도대체 이런 녀석들을 걸러 내지도 않고 리더를 맡긴다는 게…….

'아니, 그래서 더 맡기는 건가?'

진짜 바른 사람들이 뇌물을 줄 리는 없으니 말이다.

"언론에 알리지 않고 공격이라……. 쉽지 않은데요?"

"그렇지? 그래서 내가 직접 못 나서는 거네."

어떤 식으로든 소송이 들어가게 되면 위에 보고가 올라갈 테니 언론에 새어 나가는 건 순식간이다.

그러니 유찬성이 지금까지 끙끙거리면서 고민만 할 뿐 제대로 공격할 방법을 찾지 못한 것.

"어떻게 해서든 그 녀석들을 막아야 하는데 방법이 없단 말이지."

유찬성은 고민이 많은 모양이었다.

"이번 일을 좀 생각을 해 보겠습니다."

노형진도 약간은 곤혹스러운 표정으로 대답하는 것 말고는 당장 할 수 있는 게 없었다.

⚖

"방송국에 절대로 알려지면 안 된다고요?"

"그래요."

"그게 가능합니까, 이건 정치적 사건인데?"

"그래도 그렇게 해야 합니다. 알려지는 순간 그들이 어떻게 행동할지는 뻔합니다."

"그건 과거 간첩 사건과 마찬가지 아닌가요? 하지만 그때는 방송국에 알렸잖습니까?"

"그때와는 좀 다르지요."

그때는 보수 단체를 가장한 간첩들이 생각보다 많았고 그들이 누구인지 알지 못해서 어쩔 수가 없었다.

그리고 지금은 보수 정권이 손을 잡고 있는 시기다. 그러니 정부에서도 보수가 그냥 무너지도록 그냥 두지는 않을 것이다.

"하지만 현 진보 측은 상황이 다르지요."

일단 문제가 되는 곳은 한 곳이다. 간첩 사건과 다르게 다른 나라에 이익이 되도록 우리나라를 해치거나 하는 건 아니다.

그리고 보수 측에서는 필요에 의해서 어떤 꼬투리든 잡아서 공격해야 하는 상황인데, 지금 진보는 힘이 많이 빠져 있다.

"지금의 진보 측에는 버틸 힘이 없습니다."

"진보 측 언론사들이 있지 않나?"

송정한은 고개를 갸웃했다.

힘이 상대적으로 약하기는 하지만 진보 측 언론사들도 존재한다.

"그래서 더 문제입니다."

"응?"

"그들이 가진 선민의식은 진실재단과 그다지 다를 바가 없거든요."

"허?"

"그리고 그들은 이미 돈에 넘어간 지 오래입니다."

"돈?"

"네, 그렇습니다."

돈이라는 것은 어마어마한 힘을 가지고 있다.

노형진은 돈을 가지고 있기는 하지만 그걸 쓰는 것은 원하지 않는 타입이다.

그럴 수밖에 없는 게, 공정한 법적 지원을 위해서 일하고 있는 데다 다른 변호사들은 그 방식을 쓰지 못하기 때문이다.

"그걸 어떻게 아나?"

"광고를 보면 알지요."

"광고?"

"네. 기업은 참 치사한 조직이거든요."

기업과 언론이 사이가 좋으면 안 된다.

그런데 아이러니하게도 언론, 특히 신문사 같은 계열이 살아남으려면 기업으로부터 광고를 많이 받아야 한다. 그래야 기업을 운영할 수가 있기 때문이다.

특히나 인터넷의 힘이 강해진 요즘 구독자 수는 더 줄었기 때문에 언론사 입장에서는 더더욱 그들의 돈이 절실해지는 셈이었다.

"그런데 진보 언론에서 요즘 광고하는 것들을 보세요. 과거와 다르게 대기업 광고가 많습니다. 그리고 그런 광고가 늘어날수록 진보 측 언론에서 대기업을 공격하는 말은 줄어들지요."

"음……."

"전형적인, 돈으로 길들이기 수법입니다."

그 부분에 대해서 다른 사람들도 수긍할 수밖에 없었다.

지금 광고를 보면 확실히 대기업과 정부에서 많이 준다. 그리고 누가 봐도 잘못된 정책에 대해서 진보 언론사조차도 입도 뻥긋 안 한다.

"지금의 진보 언론사들은 진보라는 가면을 쓴 보수라고 보면 됩니다. 과거에는 진보였지만, 지금은 아니죠."

"하지만……."

"역사적으로 그런 경우야 많지 않습니까?"

다들 고개를 끄덕거렸다.

과거에 모 신문사도 최초에 발간된 것은 일제로부터 국민들을 계몽하는 것이 목적이었다.

그러나 채 10년도 가기 전에 그곳은 일제와 천황 폐하를 위해서 목숨을 초개와 같이 바치자고 외쳐 대는 곳으로 변해 버렸다.

"언론사는 과거가 아니라 현재를 봐야 합니다. 그리고 현재 언론사 중에서 공정하게 사건을 다루는 곳은 없다고 보면 되고요."

"하아……."

설사 공정하게 다룬다고 해도 보수 신문이 주류인 대한민국에서 그들이 하는 말은 그다지 효과를 발휘하지 못한다.

"그러면 어떻게 해야 한다는 건가? 언론에서 때려 주지 않으면 정치인들을 굴복시키는 건 불가능하네."

송정한은 딱 잘라서 말했다.

그는 바보가 아니다. 그리고 권력의 속성이 어떤 건지 누구보다 잘 알고 있다.

"그나마 정치인들이 두려워하는 것이 바로 언론이야. 자네도 알지 않나?"

"그렇지요."

"그런데 언론을 빼고 소송을 한다? 2심이나 가면 다행일세. 그리고 언론을 빼려면 경찰도 이용 못 해."

"압니다."

어떤 방식이든 이쪽에서 내분을 일으킨다는 식으로 접근하는 순간 경찰이고 검찰이고 법원이고 기자고 다 달려들 것이다.

그리고 이렇게 외칠 것이다, '봐라! 진보라는 작자들은 이렇게 썩었다!'라고.

"진보라고 해서 딱히 혜택을 주고 싶지는 않습니다만, 세상은 브레이크가 필요한 법이니까요."

"하긴. 지금 정부가 브레이크가 제대로 되지를 않지."

진보가 힘을 잃어 가면서 브레이크가 제대로 작동하지 않는 것은 누구나 느끼고 있다.

그리고 특히나 노형진은 이 부분에 대해서 민감했다.

'절대로 더 이상 무너지게 하면 안 돼.'

회귀 전 부패의 끝을 본 노형진이다.

그 당시에는 이런 사건도 없었다. 아마도 결국 현 상황 때문에 유찬성 의원이 포기하는 것으로 끝났을 것이다.

그럼에도 불구하고 부패가 하늘을 찔러서 결국 나라가 망하기 직전까지 갔었다.

그런데 그나마 유일한 브레이크를 날려 버리면 진짜 망하게 될지도 모른다.

"결국 아랫사람들을 동원해서 밟아야 하나?"
"안 될 겁니다."
노형진이 즐겨 쓰는 방법은 아래쪽에서 치고 올라가는 것이다.
하지만 이 경우에는 그게 안 된다.
"일단 단체를 만드는 건 그들 마음이니까요."
"그게 무슨 말인가?"
"그곳에서 나온 피해자들이 정상적인 단체를 만든다고 해서 정부에서 인정할까요?"
"아……."
이 사건에서 중요한 것은 정부의 인정과 지원이다.
그들은 사람을 속여서 집단을 만들고, 그 집단의 승인을 통해 국가의 지원을 받은 후 빼돌린다.
그게 그들의 방식이다.
"이미 인증받았다 이거지."
"네."
그들이 승인을 받고 정부의 지원을 받는 이상, 아래쪽에서 다른 단체를 만든다고 해서 지원이 그들에게서 넘어오지는 않을 것이다.
그렇다고 그들이 사실을 까발리면 공격의 빌미가 모든 보수에게 쏠리게 되는 현상이 벌어질 테고.
"이럴 때는 손채림 양이 생각나는구먼. 이 자리에 있었다면…….”

가끔 그녀는 다른 사람들과 다른 생각으로 의견을 내곤 했다. 그게 돌파구가 되곤 했는데, 현재 그녀는 교통사고로 병원에 입원한 상황.

“아직 안 죽었습니다.”

“하지만 병원에 있지 않나?”

“가서 물어보면 되지요.”

어려운 건 아니다.

물론 전화로 해도 되지만, 그러기에는 너무 긴 이야기다.

“그래 볼까?”

송정한은 고개를 끄덕거렸다.

이 상황에서 필요한 것은 다른 관점으로 사건을 보는 것이라는 것을 느끼고 있는 것이다.

“그러면 자네가 한번 가서 물어보게.”

어쩌면 손채림이라면 다른 시점으로 사건을 볼지도 모른다는 그들의 생각이 맞아떨어지기는 했다.

하지만 그게 얼마나 큰 바람을 불러올지, 그들은 미처 예상하지 못하고 있었다.

⚖

“그래서 온 거야? 병문안이 아니고?”

"지금 근무시간이거든!"

"이건 특근으로 쳐줘야 해."

"기꺼이."

병원에 누워 있는 손채림은 끊임없이 툴툴거렸다.

회사가 등골을 빼먹네부터, 내가 이러려고 일하나 자괴감이 든다는 말까지.

"거참, 말 많네."

"너도 내 꼴 당해 봐, 기분이 어떨지."

"여러 번 당해 봤거든."

"아, 부정을 못 하겠네."

그러고 보니 노형진은 숱하게 입원하고 그때마다 일거리가 병원으로 배달되었다. 그걸 생각하니 손채림은 차마 툴툴거릴 수가 없었다.

그래서 그 대신에 다른 걸 가지고 투정을 부렸다.

"그런데 일하러 온 거라면서? 아니면 내 음료수 털어 가려고 온 거야?"

"먹여 줄까? 아 해 봐."

"아."

"쉬우우웅."

노형진은 입으로 비행기 소리를 내면서 음료수를 그녀의 입으로 내밀었다.

그러나 입으로 날아가던 음료수는 코앞에서 방향을 돌려서 다시 노형진의 입으로 들어왔고, 손채림은 입을 삐쭉거렸다.

"팔 못 쓰는 사람 놀리면 좋아?"

"하하하, 그래도 다음 주면 풀잖아?"

"그렇기는 한데…… 가려워 죽겠다."

양팔의 깁스를 짜증 나는 표정으로 바라보는 손채림.

지난번 사고에서 다친 팔 때문에 요즘 어떻게 할 수가 없었던 것이다.

"그나저나 진짜로 안 온 거야?"

"기대도 안 해."

"쩝."

노형진이 말한 사람은 다름 아닌 손채림의 가족이다.

하나밖에 없는 딸이 사고가 나서 입원했다는데 아무도 오지 않았다.

'그 말이 사실인가?'

아무리 내놓은 자식이라고 하지만 이건 말도 안 된다.

안 그래도 요즘 손채림의 아버지가 약간 정신적으로 문제가 있는 사람이라는 소문이 돌고 있기는 했다. 이상할 정도로 감정이 없다고 할까?

'소시오패스라…….'

새론에는 소시오패스로 만들어진 경호 팀이 있다. 그래서 그들의 특징을 잘 안다.

그녀의 아버지의 특징은 정확하게 맞아떨어진다.

'하긴…… 10%라고 하던가.'

사회적으로 소시오패스와 사이코패스의 비율은 대략 10%라고 한다.

물론 그 안에서 경증과 중증의 차이는 있지만 말이다.

'그리고 성공한 사람들 중에 그런 사람이 많다고 하지.'

남의 감정을 생각하지 않고 오로지 성공만 목적으로 하기 때문에 성공한 사람들 중에서 그런 비율은 더 높아진다.

'그런 면에서 보면…….'

그녀의 아버지인 손하균은 그럴 가능성이 높다. 그러니 손채림이 그렇게 쉽게 집과 절연했을지도 모른다.

애초에 집에서 정이라는 것을 느껴 본 적이 없을 테니까.

'하지만 왜……?'

여전히 자신을 그렇게 싫어하는지는 모를 일이다.

"뭘 그렇게 생각해?"

"응? 아니야."

손채림이 멍하니 생각에 빠진 노형진에게 묻자 그는 고개를 흔들었다.

"그래서 네가 보기에는 어때?"

"음, 법적으로 할 수가 없다라……."

"그래. 그래서 너의 관점에서는 다른 방법이 있는지 물어보는 거야. 소송을 하는 데에는 한계가 있으니까. 그렇다고 언론을 이용할 수도 없고."

노형진은 사건에 대해서 충분히 설명해 줬고, 손채림은 그걸 듣기만 했다.

그런데 그녀가 바라본 쪽은 노형진과 새론에서 변호사들이 바라본 쪽이 아니었다.

"난 더 이상한 게 있는데."

"뭐가?"

"진실재단 말이야."

"진실재단이 왜? 그들이 횡령한 건 확실해. 지금 필요한 건, 우리가 어떻게 그들을 몰아내느냐야."

"아니, 횡령이 아니라 그들의 예산이 이상해."

"예산? 잘못된 거 없는데?"

"내가 이상한 건 지금의 상황이야."

"상황?"

손채림은 자세가 불편한 듯 비비적거리다가 입을 열었다.

"지난번 사태가 있었는데 어떻게 멀쩡한 거지?"

"지난번 사태라니?"

"간첩 사건 때 말이야. 그때 대대적으로 사회단체를 검열하지 않았어? 그리고 내 기억이 맞는다면, 정부에서 주로 진보 측을 많이 때려잡았던 것 같은데."

"그렇지."

갑자기 보수가 문제가 되자 시선을 돌리기 위해서 진보 측 집단에 대한 대대적인 감사가 있었다.

물론 공식적으로는 공평하게 했지만, 주요 타깃은 진보 측 집단이었다.

"그게 왜?"

"네가 말한 정도로 문제가 많은 집단이면 그때 드러났어야 하는 거 아냐?"

"응?"

"그렇잖아."

생각을 해 보니 그렇다.

이 정도로 부패한 집단이라면 그런 대규모 감찰을 벗어날 수가 없다.

"그러고 보니 이상하네."

노형진은 슬며시 눈을 찌푸렸다.

간첩 사건 이후에 대대적인 감사가 있었다. 그 당시에 진보고 보수고 상관없이, 많은 곳들이 날아갔다.

그런데 어떻게 진실재단 같은 곳이 버티고 있을까?

이건 전혀 예상하지 못한 방향성이다.

"그것부터 알아봐야 할 것 같은데."

"음……."

끝이 아닌 시작점을 보자는 손채림의 말.

노형진은 수긍하면서 고개를 끄덕거렸다.

트로이의 목마

"어떻게 버텼냐고?"

"네. 그때 상당히 열심히 때려잡지 않았습니까?"

"음, 그건 그렇지."

보수가 자신들의 무기를 잃어버리자 어떻게 해서든 사건을 무마하기 위해서 정부에서는 무시무시한 기세로 사회단체를 조사했다. 그 결과 비리로 얼룩진 사회단체들이 많이 털렸다.

그건 노형진도 알고 유찬성도 알고, 전 국민이 다 알고 있다.

"그런데 어떻게 진실재단은 버틴 거죠? 상황을 보아하니 장난 아니던데."

"그렇군……. 나도 그 부분은 생각하지 못했군."

유찬성도 '아차.' 하는 얼굴이 되었다.

그냥 부패한 집단이니 박멸해야 한다고만 생각했지, 왜 아직까지 박멸이 되지 않았는지는 생각해 보지 못한 것이다.

"그리고 이상한 것은 또 있습니다."

"응?"

"이들이 어떻게 이번 정권에서 지원을 받을 수 있었던 거죠?"

"응?"

"정권이 바뀌면서 지원이 상당히 많이 줄지 않았나요?"

"그거야 그렇지."

정권이 바뀌면 지원 대상도 바뀐다. 그건 보수고 진보고 마찬가지다.

진보 정권이 들어서면 당연히 진보 단체에 지원이 늘어나고, 보수 정권이 들어서면 반대로 보수 단체의 지원이 늘어난다.

특히나 상대방 정치인이 연관되어 있다면, 세력을 줄이기 위해서라도 지원이 끊어지는 경우가 많았다.

"그런데 도리어 지원이 늘었더군요."

"그랬나?"

"네."

유찬성은 내부의 자금 사정에 대해서는 알지 못한다. 그저 부패 쪽만 알아봤을 뿐이다.

"그게 가능한가요?"

"많이 늘었나?"

"매년 한 7억쯤요."

"7억?"

유찬성은 이해할 수 없다는 표정이 되었다.

그럴 수밖에 없는 게, 그렇게 늘려 주는 경우는 거의 없기 때문이다.

물론 외부적인 형평성 문제 때문에 진보에 대한 지원을 완전히 끊는 경우는 없다. 올해는 얼마, 내년에는 얼마 하는 식으로 티 나지 않게 줄인다.

그러니 살아남은 건 이해할 수도 있다.

하지만 매년 무려 7억이나 늘린다?

"이상하군."

그 정도 예상 배당은 같은 보수, 그것도 상당히 정치적으로 밀접한 관계가 아니면 이루어질 수가 없다.

그런데 다른 곳도 아니고 진보 단체의 것을 올려 준다?

"면피용일까요?"

보수에만 너무 몰아주면 티가 나니까 우리는 공평하게 지원해 준다고 가장하기 위한 용도일까?

"그건 아닐 걸세. 면피를 하려면 한 곳에 7억을 주는 게 아니라 여러 곳에 나눠 줬겠지."

한 곳에 7억을 줄 게 아니라 진보 단체 여러 곳에 몇백씩 나눠 줬다면, 외부적으로는 진보도 공평하게 지원하는 척하면서 정작 해당 단체에 그리 도움은 안 되는 금액을 지원할 수 있다.

그러니 면피용으로 보기에는 운영이 이상하다.

"이상하군."

감사를 했는데 부패한 것도 모르고 지원금은 도리어 늘어난다?

그것도 현 정권에 반대되는 정당과 손이 닿아 있는 진보단체에?

"말이 됩니까?"

"말이 된다고 보기는 힘들군."

정치학적으로 봐도 말이 안 된다.

지금까지 정권이 바뀌면 대부분의 정부는 반대 정권에 보복해 왔다. 당연히 이렇게 반대 진영에도 돈을 줄 리 없다.

"혹시 그들에 대해서 아는 게 있으신가요?"

"난 잘 모르네. 사실 내 쪽 단체도 아니고."

다만 부패와 심각한 무능을 눈감을 수 없어서, 그리고 사람들의 목숨이 달려 있어서 끼어든 것뿐이지, 잘 아는 곳은 아니다.

"그러면 그들을 지원하는 정치인들은요?"

"정치인들?"

"네. 그들의 공통점이 있다거나 한가요?"

"정치인이라는 거 말고, 공통점이라……."

그는 고민을 하기 시작했다.

하지만 수사관이 아니기 때문에 공통점을 찾아내는 것은 쉬운 일이 아니었다.

정확하게 말하면, 공통점이 너무 많아서 특정할 수가 없었다.

"음……."

"그 이름이 뭐지요? 저도 인터넷으로 찾아보겠습니다."

"그러겠나?"

노형진은 그들의 이름을 듣고 찬찬히 검색하기 시작했다.

총 다섯 명이었는데, 유찬성의 말대로 특히 뭐가 이상한 게 뜨지는 않았다.

'응?'

그러던 중 노형진은 그중 한 명의 이력에서 이상한 걸 발견했다.

"이 사람, 당을 옮겼네요?"

"아, 그 사람? 그 사람이야 소문난 철새 아닌가."

이권을 찾아서 이리저리 당을 옮기는 사람을 '철새'라고 한다. 그런데 그중 한 명이 그런 사람이었다.

무려 세 번이나 당을 옮긴 사람이었다.

심지어 5선 의원이니, 1선 이후부터는 계속 옮겨 다녔다는 뜻이다.

노형진은 그걸 보고 문득 한 가지 가능성을 떠올렸다.

"혹시 다른 사람들의 성향이 어떤가요? 친정부적인가요?"

"음…… 확실히 그렇지."

유찬성은 고개를 끄덕거렸다.

반대쪽 정치 신념을 가지고 있다고 하지만 그게 허울뿐인 인간도 많다. 돈만 된다면 그들에게 신념 따위는 존재하지 않는다.

"내가 알아낸 공통점들 중 하나일세. 그렇다면 이들이 지원을 도와줄 수 있었던 게 현 정권과 뭔가 밀착점이 있어서인가, 아무래도 친하다 보니?"

"이들이 친한 거지, 진실재단과 친한 건 아니지 않습니까?"

"그건 그런데, 그거 말고는 이유가 없어 보이는데?"

확실히 그럴듯한 가설이다. 가능성도 높고 말이다.

'하지만…….'

그렇지만 그들의 미래를 알고 있는 노형진으로서는 이해가 안 되는 사항이었다.

물론 있을 수 있지만, 그렇다면 왜 갑자기 돌변해서 진실재단을 그렇게 밟아 버린 걸까?

노형진은 아무리 생각해도 이유를 알 수 없었다.

"아무래도 재단의 대표를 만나 봐야겠군요."

"재단의 대표?"

"네."

진실재단에 어떤 비밀이 있는지, 노형진은 어떻게든 알아봐야 했다. 뭔가 꺼림칙함이 계속해서 노형진의 머릿속을 떠나지 않았다.

“아무래도 그쪽부터 파고드는 게 맞다고 생각합니다.”

“음…… 하긴…… 이상하기는 하군.”

아무리 진보 단체이고 몇몇 국회의원들이 그들을 지원해 준다고 하지만, 자신들은 야당이다.

야당은 아무리 힘을 써도 여당보다는 못할 수밖에 없다. 그런데 무려 매년 7억이라니.

“진실재단의 대표가 황연수였지요?”

“그래.”

“그 사람에 대해서 잘 아십니까?”

“잘 아는 건 아닐세.”

그는 사회운동을 오래 한 사람이 아니다. 어느 순간 두각을 나타내면서 전면에 나섰다.

“그러면 진실재단은 그가 나서기 전에는 어떤 조직이었나요?”

“글쎄?”

유찬성은 말을 하면서도 아차 싶었다.

기억에 없다. 그렇다면 자신이 기억하지도 못할 만큼 작은 조직이었다는 뜻이다.

공식적으로 진실재단의 역사는 17년이다.

하지만 자신들과 친밀하게 일하게 된 건 채 5년이 안 되었다.

“어떤 조직이 이렇게 급속도로 크는 경우는 드문데…….”

물론 산하에 여러 조직을 두고 그곳에서 지급되는 돈을 받아서 조직을 키운 건 이해가 간다.

하지만 그러기 위해서는 필연적으로 정치적 힘이 필요하다.

"내가 알기로는 우리와 연결된 건 5년 전일세. 그리고 그때는 이미 작지 않은 규모였지."

"음…… 어떻게 연결된 건가요?"

"그 당시에 우리 당으로 옮겨 온……."

그 말을 하던 유찬성은 움찔했다.

"왜 그러십니까?"

"우리 당으로 옮겨 온 의원이 한 명이 있었지. 그가 연결해 준 걸세."

그때는 별 의심 하지 않았다.

하지만 그는 보수에서 진보로 옮겨 온 사람이다. 그런 그가 이런 대형 진보 단체와 선이 연결되어 있다?

이상하기는 하다.

"트로이의 목마."

노형진은 문득 그 생각이 들었다.

마치 선물인 것처럼 꾸며서 내부에 뭔가를 들여보내는 것. 그 가능성이 보였던 것이다.

'여러모로 의심스러운 점이 많아.'

하지만 그렇다고 무조건 배척할 수는 없다.

아이러니하게도 진보의 가치는 다양성이다. 그래서 분열하는 것이다.

그러니 그걸 부정하는 순간 진보가 아닌 권력 추종자가 되는 셈이다.

"일단은 황연수를 자극해 보지요."

"하지만 무슨 수로? 설사 자극을 한다고 해도, 그 녀석이 반응할까?"

"외부적으로는 반응하지 않겠지요."

"외부적으로는?"

"네."

하지만 내부적으로는 반응할 것이다. 사람이 생각이라는 것을 하지 않을 수는 없으니 말이다.

"어떤 방식이든 좋습니다. 그 녀석을 자극해 보세요. 그러면 감정이 드러날 겁니다."

"감정이라……."

유찬성은 잠깐 고민했다.

그러나 그 고민은 짧았다. 경험상 이런 경우는 정공법으로 가는 것이 맞기 때문이다.

돌려 말해 봐야 도리어 시간을 더 벌어 주는 셈이라는 것을 그는 알고 있었다.

"하지만 그런다고 해서 배후를 알 수 있는 건 아니지 않은가?"

"아닙니다. 배후를 알 수 있지요."

"알 수 있어?"

물론 기억을 읽으면 쉽게 배후를 알 수 있다.

그러나 유찬성에게 기억을 읽을 수 있다고 알려 주는 것은 좋은 생각이 아니다.

"배후를 정곡으로 찌르면 아마 당황할 겁니다."

"하지만 고작 그걸로 드러날까?"

"드러날 겁니다. 표정은 거짓말을 하지 못하니까요."

"음……."

유찬성은 잠깐 고민했다. 그리고 씩 웃었다.

"좋아, 한번 해 보지. 내게 좋은 생각이 있네."

"좋은 생각요?"

"그래. 지랄 한번 해 보는 거지. 내 별명이 투견 아닌가, 하하하! 당황하게 하는 거? 그게 내 전문이야, 하하하."

그는 뭐가 그리 좋은지 신나게 웃었다.

⚖

진실재단의 황연수는 비서에게 짜증이란 짜증은 다 부리고 있었다.

"유찬성 의원이 또 지랄한다고요?"

"네."

"당에서는 뭐라고 합니까?"

"이번에는 워낙 지랄 발광을 해서 통제가 안 된답니다. 치매가 온 거 아니냐는 소리까지 나오더군요."

“아, 미치겠네.”

유찬성은 자신들에게 우호적이지 않은 의원이다.

그렇다 보니 그가 거품을 물면 곤란한 건 자신들이다.

“더군다나 이번에는 대놓고 우리를 날려 버리겠다고 하고 있답니다.”

“대놓고?”

“네.”

“다른 의원들은 뭐래요?”

“돌려 말하면서 설득하고 있지만, 지난번 식중독 사건 이후에 영 분위기가 안 좋아서…….”

“아, 씨발. 돌아 버리겠네.”

황연수는 식중독 사건을 생각하고는 눈을 찌푸렸다.

그 건만 없었어도 유찬성이 자신들에게 엮일 일은 없었을 텐데.

‘이럴 줄 알았나.’

하지만 이제 와서 자신들이 할 수 있는 건 없었다.

유찬성이 자신들을 도와주던 국회의원 다섯 명과 재단의 모가지를 날려 버리겠다며 거품을 물고 있다고는 해도, 당에서도 한창 인기를 끌고 있는 그를 공격하는 건 부담스러웠던 것이다.

“포섭은 안 된답니까?”

“그 인간, 원래 금수저입니다. 거기에다가 애초에 워낙 독고다이라…….”

“아, 그렇지요.”

그를 포섭하기 위해서 보수 측 정당에서 얼마나 고생했던가?

그러나 투견이라는 별명처럼 독고다이로 물어뜯어 대는 놈이다 보니 그게 안 통했다.

“그런데 갑자기 왜 그러는 거랍니까?”

“모르겠습니다.”

불만을 가진 것은 진즉에 알고 있었다. 그리고 자신들의 뒤를 캐고 다니는 것도 알고 있었다.

그러나 당 내부에서 쉬쉬하면서 넘어가자고 하니 그다지 티를 내지는 않고 있었다.

그런데 갑자기 돌변해 거품을 물면서 물어뜯으려고 덤비다니.

‘뭔가 큰 게 잡힌 건가?’

하지만 그랬으면 벌써 뭔 일이 터졌어도 터졌어야 한다.

“일단은 다른 사람들한테 입 다물라고 하세요. 절대로 책잡히면 안 됩니다. 돈 써서 다른 의원들한테 부탁 좀 해 보고요.”

“네.”

“보아하니 몇 놈이 제보한답시고 엉겨 붙은 것 같은데, 어떤 놈이 제보했는지 조사해 봐요.”

“알겠습니다, 회장님.”

“그리고 파트타임 노조랑 노숙자협의회 통해서 유찬성 의원 반대 시위 같은 것도 좀 해 봐요."

"네?"

그들이 어떤 조직인지 아는 비서는 깜짝 놀랐다.

"하지만 말이 많을 텐데요. 안 그래도 파트타임 노조는 영 소문이 안 좋아서, 이미지 개선 작업이 필요합니다."

"개선은 무슨. 그냥 해요. 여차하면 날려 버리고 새로 만들면 되는 거니까."

"아! 복안이십니다."

아군을 공격하면 이미지가 나빠지니 같은 진보 측의 유찬성을 공격하면 아무래도 이쪽에 불리할 수밖에 없다.

"노숙자들을 동원해서 그 사람 사무실이랑 집 앞에서 연좌 시위도 좀 해 보고."

"네, 바로 전하겠습니다."

"바로 시행하세요."

"네."

비서가 나가자 황연수는 눈을 찡그렸다.

"새론과 유찬성이다 이거지."

새론이야 의외였지만, 유찬성은 언젠가 문제가 될 거라 생각하기는 했다.

"어떻게 해서든 유찬성 그 녀석의 힘을 빼앗아야 하는데. 몇 번이나 그 새끼가 문제가 될 거라고 말을 했는데……. 위에 말해서 정리해야겠군."

그는 입술을 깨물면서 혼잣말로 중얼거렸다.

그런데 그런 황연수의 뒤에서 당혹스러운 목소리가 들려왔다.

"내 힘을 빼앗아서 어디다 쓰게?"

갑작스럽게 들리는 목소리에 고개를 돌려 보니 유찬성 의원이 서 있었다.

갑작스럽게 들이닥친 그 때문에 황연수는 당황했다.

"의원님……."

"그래서 내 힘을 빼앗아서 뭐에 쓰려고? 그럴 자신은 있고?"

유찬성은 웃으면서 말했다.

하지만 그의 눈빛은 분노로 활활 타오르고 있었다.

'이런 씨발.'

도대체 외부에 있던 비서들은 뭐 하고 있었단 말인가? 그가 들어올 때까지 알리지도 않고.

물론 비서들도 당황한 상태였다.

말 그대로 폭풍같이 들이닥치는 바람에 붙들 시간조차 없었던 것이다.

"그 계획, 내 이름이 들어간 거 보니까 아무래도 영 찝찝한데, 나 좀 들어 볼 수 있을까?"

유찬성의 말에 황연수는 어찌할 바를 몰랐다.

그러자 유찬성의 뒤에 서 있던 노형진은 씩 웃었다.

'그래, 더욱 당황해라.'

당황할수록 사람은 실수를 하기 마련이다. 그래서 노형진은 유찬성과 함께 갑자기 들이닥친 것이다.

미리 약속을 하고 가 봐야 의미가 없을 테니까.

안 그래도 당황하게 하려고 하던 유찬성이었지만 눈앞에서 자신을 깔아뭉개는 걸 보고 나니 꼭지가 안 돌 수가 없었다.

"지금 4선 의원쯤은 찜 쪄 먹을 수 있을 만큼 자네가 힘이 강하다고 생각하는 건가?"

"아니요……. 그게 아니라…… 오해입니다, 의원님."

"오해? 지금 내가 치매라도 걸린 것 같나? 노 변호사, 어떻게 생각하나?"

"치매는 아니신 것 같습니다. 저도 들었거든요."

"내가 치매가 아닌 것 같군. 그러면 자네가 한 말은 무슨 말이지?"

"그게……."

당황해서 어쩔 줄 몰라 하는 황연수.

방금 처리하라고 한 인간이 바로 뒤에서 나타날 줄은 몰랐던 것이다.

'역시 정치 경험 20년이다 이건가?'

이번 작전은 유찬성이 꾸민 일이었다. 자신이 당에서 게거품 한번 물면 그쪽에서는 조심할 거라는 것이다.

그 상황에서 자신이 갑자기 나타나면 당황하지 않을 수가 없다는 것.

'하긴.'

일단 같은 진보라고 하지만 서로 한바탕하고 나면 잘 찾아가지 않는다. 그러니 뒤에서 구시렁거릴 수 있다.

그런데 갑자기 나타났으니 놀랄 수밖에.

'그것도 오늘 오전에 그 지랄을 해 놨으니.'

심지어 오늘 오전에 진실재단을 도와주는 다섯 명의 의원에게 각각 찾아가서 지랄을 해 놓고 설마 여기로 올 거라는 생각은 못 했을 것이다.

그런데 갑자기 들이닥쳤고, 그 와중에 가장 안 좋은 말을 들어 버렸다.

"지금 나랑 전쟁하자 이건가? 그게 자네 선택인가 보군. 각오는 한 거지? 그 다섯 의원이 자네를 얼마나 도와줄 것 같나? 응? 정리? 하! 자네가 날 정리한다고? 어떻게? 킬러라도 동원하려고 하는 건가?"

"아니, 그게 아니라……. 의원님, 고정을 좀……."

유찬성이 황연수를 공격하는 사이 노형진은 그가 방금 한 말을 곰곰이 생각했다.

'과연 무슨 의미일까?'

그냥 투정을 부리는 것은 있을 수 있는 일이다. 욕도 할 수 있다.

하지만 황연수는 분명히 그랬다.

힘을 빼야 했다고, 그리고 정리해야 한다고.

'그건 그럴 방법이 있다는 뜻인데 말이지.'

하지만 다른 사람도 아니고 4선 의원인 유찬성을 고작 진보 단체의 대표인 그가 밟을 수는 없다.

더군다나 유찬성은 현재 진보에서 크게 인기를 끌고 있는 상황이 아닌가?

그런 그를 밟는다는 건 황연수의 힘으로는 사실상 불가능하다.

'한 가지만 빼면 말이지.'

누가 뒤에 있다면 가능하기는 하다.

물론 그들을 도와주는 사람이 있기는 하다. 당에서 유찬성과 대립각을 세우는 사람들.

'하지만 그들이 아무리 대립각을 세워도 그건 무리야.'

어찌 되었건 그들은 진보 측 인사이고, 섣불리 유찬성을 공격할 수는 없다.

도리어 지금 상황에서는 절대적 지지를 받는 유 의원에게 역습당해서 정치적으로 위험할 수밖에 없다.

그들의 힘은 견제 수준이지, 유 의원의 힘을 뺄 수는 없다.

'그렇다면…….'

노형진은 한 가지 가능성을 따졌다. 그리고 유 의원에게 슬며시 귓속말로 말했다.

"유 의원님, 보수 측 정당에 대해서 파 보세요."

"뭐라고?"

"애초에 우리가 의심한 게 있지 않습니까?"

"음…… 알겠네."

유찬성이 노형진과 함께 기습적으로 온 것은 보수 정권하에서 이상할 정도로 그들의 도움을 받는 진실재단 때문이었다.

"아니면 대통령에게 말을 하려고 하는 건가?"

"그…… 그게 무슨 말씀이십니까? 대통령이라니요?"

"내가 바보로 보이나? 자네 뒤에 누가 있는지 모를 것 같아? 자네가 이렇게 터무니없이 일을 저지르고 버틸 수 있는 게 우리 당의 힘이라고 생각하지는 않네. 그렇지 않나?"

황연수의 눈이 격하게 흔들리기 시작했다.

노형진이 그런 그에게 슬며시 다가갔다.

"다 알고 왔습니다. 사실대로 진술하시면 당에서 선처를 해 드릴 겁니다."

"무슨 개소리야! 진술이라니! 난 잘못한 거 없어!"

황연수는 다급하게 외쳤지만 이미 그의 머릿속은 혼란스러웠다.

상황이 그럴 수밖에 없는 게, 그게 아니라면 유찬성이 이렇게 갑작스럽게 올 리 없었기 때문이다.

"왜? 대통령이 내 모가지를 따 오라고 시키드나?"

"그건……."

당황하는 황연수에게 드립을 치는 유찬성.

하지만 그게 드립인지 모르는 황연수는 더욱 당황했고, 노형진은 그 틈을 타 그런 그에게 다가가서 그의 기억을 읽기 시작했다.

그리고 노형진의 얼굴은 딱딱하게 굳어졌다.

⚖

"뭐라고?"

송정한은 노형진의 말에 당황했다.

이건 전혀 엉뚱한 쪽에서 칼이 튀어나온 상황이었다.

그것도 바로 턱 아래에서 튀어나온 셈인지라, 대응책도 보이지 않을 지경이었다.

"최재철? 아니, 이 상황에서 최재철이 왜 나와?"

"최재철이 그들 뒤에 있더군요. 애초에 만들어질 때부터 최재철의 지원을 받았습니다."

"하지만 진실재단은 진보 측인데……."

송정한은 이 상황을 어떻게 받아들여야 하는지 혼란스러웠다.

최재철이 누군가? 대통령을 빼고 현 최고 실세가 아닌가?

그런데 그가 진실재단의 배후에 있다고? 그것도 진보 측에?

"이해가 가지 않네. 아니, 왜?"

정치학적으로 진보 측이라고 하면 지금 정권의 적이다. 그런데 왜 그가 힘을 써서 진보 측을 도와준단 말인가?

"트로이의 목마 같더군요."

"트로이의 목마?"

"네."

노형진은 그 뒤에 있는 사람이 누군지 읽어 내고 당황했다.

사실 잘해 봐야 보수와 짝짜꿍이 잘 맞는 진보 측 국회의원 중 몇 명이라 생각했다. 그런데 최재철이라니.

'그래…… 진실재단의 마지막을 생각해 보면…….'

노형진은 진실재단이 날아간 걸 알고 있었다. 그리고 그 당시 상황도.

'무서운 놈들.'

그 당시 보수는 부패로 인해서 엄청나게 욕먹고 있었고, 선거가 바로 코앞이였다. 그 선거에서 누구도 보수가 이길 거라 생각하지 않았다.

그러나 선거 직전 진실재단 사건이 터졌다.

100억대 횡령 사건이었다.

관련된 자만 해도 스무 명이 넘었고, 그중에는 국회의원도 있었다.

물론 그들은 억울하다고 했지만 이미 증거는 차고 넘쳤다. 그것도 이상할 정도로 말이다.

그 정도를 횡령하는데 그렇게 허술하게 증거를 남겼다는 게 생각해 보면 참 이상한 일이었다.

'정치는 이미지 싸움이지.'

진보의 이미지적 강점은 보수보다 깨끗하다는 것이다.

그러나 그 당시 그 사건이 터지고 언론에서 대대적으로 떠들어 대면서 진보의 깨끗하다는 이미지는 박살이 났고, 선거는 보수의 승리로 끝났다.

'그리고 황연수는 실형 2년 형을 받았지.'

실형 2년. 그게 그가 받은 처벌이다.

물론 1심에서는 7년 형이 나왔지만 사람들이 잊어버리고 기억이 흐려질 때쯤 대법원에서 파기 환송을 시켰고, 그 후에 2년 형으로 풀려나왔다.

실형이 2년인데 거기까지 가는 데 걸린 시간이 2년이니 형량이 다 끝난 셈이었던 것이다.

100억대의 돈을 횡령한 것치고는 터무니없이 작은 처벌이었다.

"아마도 내부에 심어 둔 폭탄이었던 듯합니다. 결정적인 순간에 터트리는 거죠. 그리고 진보의 이미지에 먹칠을 하는 겁니다. 선거 전이라면, 아마도 어마어마한 반향이 올 겁니다."

"으음……."

"종북 프레임의 효과는 끝나 가고 있습니다. 그건 양쪽 다 알고 있지요. 이번에 우리 때문에 좀 급작스럽게 사용이 불가능하게 되기는 했지만요. 그런 상황에서 그들은 새로운 프레임을 짜야 합니다."

"그게 부패라는 거군."

"네."

"소름이 끼치는군."

노형진이 종북 프레임을 좀 일찍 깨 버리기는 했지만, 어찌 되었건 종북 프레임의 생명은 다 끝나 가고 있다는 걸 대부분의 사람들은 알고 있었다.

"보수는 부패로 망하고 진보는 분열로 망한다는 말이 있지요. 그런데 보수의 프레임을 진보에 뒤집어씌운다면 어떻게 될까요?"

"끝장이군."

아마도 상당히 오랜 기간 동안 진보는 힘을 못 쓸 것이다.

진보 측은 보수와 다르게 '콘크리트 지지층'이라는 개념이 약하기 때문이다.

그리고 미래에 실제로 현실이 되었고 말이다.

"그리고 그걸 준비한 게 최재철인 듯합니다."

"하지만 그 돈은?"

"어차피 그들의 돈도 아니지 않습니까?"

"으음……."

지원금은 세금에서 나간다. 그러니 자기들 돈이 아니다.

"그들로서는 일석삼조입니다."

보수에도 공평하게 대했다는 면피를 할 수 있고, 내부에 폭탄을 심을 수 있을 뿐만 아니라, 정상적인 진보 단체가 아닌 이권 집단에 지원함으로써 사실상 정상적인 진보 단체는 돈이 없어서 활동을 못 하게 되는 상황이 된다.

"치밀하군."

"보이는 것만 때려잡으면 하수죠."

노형진은 그 말을 하면서 살짝 떨었다.

'무서운 놈들.'

만일 자신의 생각이 맞다면 최재철은 이 카드를 무려 15년 전부터 준비한 셈이다. 그리고 결정적인 순간에 터트리려고 쥐고 있었고.

'그리고 그 덕분에 대통령이 되었지.'

압도적인 표를 받은 보수 덕분에 상당수 보수 의원들이 당선되었고, 그는 그들을 이용해서 권력을 공고히 하여 결국 대통령까지 할 수 있었다.

대부분의 사람들이 당장 내년을 예상하지 못한다는 점을 생각하면 무서울 정도의 인내력이다.

"도대체 이 인간은……."

송정한은 가슴이 답답했다.

이렇게까지 막강한 적을 어떻게 쓰러트려야 할지, 답이 안 나왔다.

"여기뿐만은 아니겠지?"

"아닐 겁니다."

정부에서 뭔가 곤란한 일이 터질 때마다 연예인 스캔들이 터지곤 한다.

그건 우연이 아니다. 조용히 쥐고 있다가 문제가 생기면 터트리는 것이다.

그건 내부 문건으로도 몇 번이나 드러난 사실이다.

"연예인 스캔들로 사건을 덮는 데에 도가 튼 사람들이 정치인들입니다. 그들이 연예인 사건을 하나만 쥐고 있을 리는 없지요."

"끄응……."

"부패에는 보수고 진보고 없습니다."

다만 그들이 보수와 진보의 가면을 쓰고 있을 뿐이다.

그리고 최재철은 그러한 가면을 이용해서 이미지를 바꾸려고 하는 것이고 말이다.

"이쪽에서 공격하는 건 생각해 보지 않은 건가? 아무리 그래도 부패한 곳 아닌가?"

"못 할 걸 알았을 겁니다. 우리가 왜 이런 고생을 하는지 아시지 않습니까?"

"으음……."

만일 이게 터지면 진보는 이름에 먹칠을 하게 된다. 그러니 진보는 절대 터트리지 못한다.

"이게 터지면 어찌 되었건 진보에 부패의 이미지가 씌워질 겁니다."

달라지는 것은 최재철 자신이 원해서 터트리느냐, 아니면 타의에 의해서 터지느냐 뿐이다.

그리고 어느 쪽이든 최재철에게는 불리한 게 없다.

그야말로 철저하게 자신은 이득만 볼 수 있게 만들어 놓은 설계였다.

"그 부분을 공격하는 건 어떤가?"

"불가능합니다. 진보에 지원해 주는 것이 나쁜 건 아니니까요. 강도를 당했으면 강도를 욕해야지, 피해자를 욕하는 경우는 없습니다. 이 경우는 정부와 국민이 피해자입니다. 그들의 돈을 빼돌렸으니까요."

"하긴, 그렇겠구먼."

국세금을 빼돌려서 자신의 배를 채운 작자들에 대해서 국민들은 분노할 것이다. 정부에서는 일부 감사의 책임을 지기는 하겠지만, 주요 범인은 황연수와 그 일당이다.

"결국 답은 똑같습니다. 언론을 이용하거나 소송을 하지는 못합니다."

"전처럼 보수를 이용하는 건 어떤가? 그때 보수를 이용해서 보수를 공격하지 않았나?"

"보수와 진보는 성격이 좀 달라서요."

보수는 만일 누군가 이런 걸 폭로하면 '봐라, 보수도 당당하고 바르다.'라고 표현한다.

그들은 콘크리트 지지층이니 이탈할 가능성은 아주 낮다.

하지만 진보는 아니다.

그들은 부패에 대해서 혐오감이 강하다. 그래서 이런 일이 벌어지면 이탈하려고 하는 성향이 크다.

누구 말마따나, 나 빼고 다 나쁜 놈이라는 것이다.

"진보는 누군가 잘못하면 그걸 감싸는 게 아니라 같이 공격합니다."

"하긴."

그 점을 이용해서 정치적 분열을 일으키는 경우도 많다.

그리고 이번 사건도 그 사전 초석일 테고.

"그러면 어떻게 해서든 조용히 처리해야 한다는 거군."

"그렇다면……."

노형진은 살짝 눈을 찡그렸다.

"마음에 안 들기는 하지만…… 방법이 있습니다."

"방법이 있어?"

"네."

"그런데 마음에 안 든다니?"

노형진은 그저 씁쓸하게 웃을 뿐이었다.

혐오의 정치학

"혐오?"

"네. 유찬성 의원님의 말을 들어 보면 그곳에서 일하는 사람들은 정작 도움을 줘야 하는 대상을 혐오하는 것 같던데요. 아닌가요?"

"맞네."

유찬성은 고개를 끄덕거렸다.

그래서 문제인 거다.

최소한의 측은함이나 인간성이라도 있다면 그런 범죄는 저지르지 못했을 것이다.

상식적으로 상대방에 대한 존중이 있으면 유통기한이 그렇게 무지막지하게 지난 음식을 줄 수는 없다.

거기에다 진실재단은 각 단체의 대표를 거기서 뽑는 게 아니라 위에서 내려보내는 식으로 운영한다. 그러니 그곳에서 내려간 놈들이 내부 사람들의 감정에 대해서 제대로 알 리 없다.

“사실 혐오도 혐오지만, 가장 큰 문제 중 하나는 그들이 가지고 있는 선민의식이네. 애초에 선민의식이라는 것 자체가 다른 사람에 대한 무시를 깔고 들어가는 것이니까. 무시와 혐오는 조금 다르기는 하지만 또 미묘하게 같기도 하지.”

“그러니까요.”

유찬성이 본 진실재단은 지독할 정도로 선민의식을 가지고 있었다. 그리고 선민의식이라는 것은 당연히 남에 대한 무시와 혐오를 바탕에 깔고 있다.

“그 부분을 드러내는 겁니다.”

“소송이 아니고?”

“소송을 하면 최재철이 터트릴 겁니다.”

“하긴…….”

어차피 못 쓰게 될 폭탄이라면 터트림으로써 어떤 식으로든 피해를 주려고 할 것이다.

“그러니 일단 소송 없이 내부에서 그들을 몰아내야 합니다. 그들의 혐오를 드러냄으로써 그들이 리더가 될 수 없다는 것을 증명하는 게 최선이라고 생각합니다.”

“음…….”

유찬성은 고개를 갸웃했다. 도무지 이해가 가지 않았기 때문이다.

"좀 쉽게 표현해 주겠나?"

"간단하게 말하면 가면을 벗기자는 겁니다. 그들은 진보라는 가면, 약자를 챙긴다는 가면을 쓰고 있습니다. 그러니 그 가면을 벗기자는 것이지요. 아시겠지만 진보를 지지하는 사람들은 그러한 이중성을 좀 극단적으로 싫어합니다."

아무래도 보수와의 차별성이라고 생각해서 그런지, 그러한 부패에 대해서 극단적으로 싫어하는 성향이 있다.

감춰졌다면 모르지만 드러난다면 그들은 가차없이 등을 돌릴 것이다.

"그러니 그들의 본모습을 드러내면 몰아내는 것은 어려운 일이 아닐 겁니다."

"그들이 그냥 두지는 않을까?"

"그렇지는 않을 겁니다. 애석하지만, 이런 사회적으로 약자인 사람들에게는 약점이 있거든요."

"약점?"

"네. 자격지심 말입니다."

"자격지심?"

"네."

그들을 아무리 공평하게 대해 줘도, 그들에게 아무리 기회를 줘도, 그들은 어쩔 수 없는 정신적인 트라우마가 있을 수밖에 없다.

평생을 사회적 약자로 무시당하며 살아오면서 그 트라우마는 그들의 삶에 큰 영향을 줬다. 그래서 사회적 약자들은 자격지심이 있다.

그건 그 후에 아무리 성공해도 어쩔 수 없는 정신적 약점이다.

"그래서 사회적으로 약자인 사람들은 자신을 무시했다 싶으면 좀 극단적으로 반응하는 성향이 있습니다. 만일 대표가 혐오 주의자라는 걸 알면 그들은 절대 용서하지 않을 겁니다."

"그래서 자네가 이 작전은 좀 꺼린 거군."

"네."

아무리 노형진이 승리를 위해서 뭐든 하는 변호사라고 하지만 상대방의 트라우마를 건드리면서까지 이기고 싶은 마음은 없었다.

하지만 지금 같은 경우는 어쩔 수가 없다. 그들을 몰아내지 않으면 더 극심한 피해가 발생할 테니까.

"자네가 무슨 생각을 하는지 아네."

유찬성은 노형진이 꺼리는 이유를 알고 고개를 끄덕거렸다.

"그렇지만 그 정도는 아무것도 아니야. 그들이 좀 화가 나기는 하겠지만 말이지."

"그렇기는 하죠."

자격지심을 건드린다 해도 그들이 입는 피해는 화가 나는 정도뿐이다.

하지만 그냥 두면 그들에게 돌아갈 피해는 심각하다.

"그리고 자네는 잘 모르겠지만, 어차피 정치는 혐오를 기반으로 한다네."

"네?"

"혐오의 정치학이라고 아나?"

"혐오의 정치학?"

"그래. 누군가 상대방을 혐오하는 놈이 있다면 결속력은 강해지기 마련이지. 당장 우리나라에서 가장 오래된 혐오의 정치학이 있지 않나?"

"지역감정 말이군요."

다른 지역에 대해서 비하하고 증오하고 혐오하면서 결속하여 표를 얻는 정치인들.

그들은 선거 때마다 '우리가 남이가?'를 시전한다.

하지만 정작 그 지역을 위해서 움직이지 않는다.

그러나 혐오로 뭉친 지역은 계속 그를 위해서 표를 준다.

"그래. 정치인의 입장에서는 이건 너무 흔해서 미안하지도 않은 일이야. 자네 입장에서야 뭐, 좀 다를 수 있겠지만."

"쩝."

노형진은 입맛을 다셨다.

하긴, 상대 진영에 대한 혐오는 정치의 기본이다.

그러니 자신이 조금 자극한다고 해도 굳이 문제가 되지는 않을 것이다.

혐오 없이 정치한다? 그건 인간이 만들어 낼 수 없는 유토피아의 환상 같은 것이다.

"일단 자네 말은 알았네. 하지만 최재철이 그냥 있겠나? 어떻게 해서든 지키려고 할 텐데. 안 되면 그 전에 터트리려고 하겠지."

"소용없을 겁니다. 우리가 하는 건 소송이 아니니까요."

정관에 따라서 적법하게 잘라 내는 것이니 소송이 아니다.

모든 조직은 정관이 있고, 거기에 해임 규정이 있다.

"만일 그들이 섣불리 기존 대표단을 지지하면 부패를 같이 뒤집어쓰게 됩니다."

"터트리려고 한다면?"

가장 큰 문제는 그것이다.

"그가 원하는 파괴력은 나오지 않을 겁니다. 해임안의 이유를 부패로 만들어 버리면 외부에서는 자정작용으로 볼 테니까요."

"아하!"

일단 해임안이 먼저 올라간 이후에는 최재철이 터트린다고 해도 그 파괴력은 현저하게 약해질 수밖에 없다.

부패를 공격해 봐야 이미 알고 있는 데다, 혐오와 부패를 이유로 자정하고 있다고 할 수 있으니까.

"그리고 일단 혐오로 프레임을 짜서 해임안을 올리고 언론플레이를 하면 그들이 터트려 봐야 혐오의 프레임에 갇혀서 제대로 빛을 보기 힘들 겁니다. 사람들에게 자극적인 건 흔해 빠진 뇌물 수수가 아니라 혐오와 증오 범죄이니까요."

모든 떡밥은 한계가 있다. 모든 사건이 천년만년 관심을 끌지는 않는다.

일단은 혐오의 문제로 공격해서 그들을 쳐 내어 언론의 관심을 끈다. 그 후에 그 관심이 꺼지면 횡령으로 고발을 넣기 시작한다.

그리고 그들이 부패로 몰아붙이려고 할 때쯤이 되면, 이미 떡밥의 수명은 다한 셈이 된다.

"그때쯤이면 아마 언론도 관심을 끊을 겁니다. 이런 사건은 100% 횡령으로 인한 고발이 엮이거든요."

"그건 그렇지."

일단 어떤 조직이든 해임되면 무조건 횡령으로 고발하는 것이 보통 정석적인 공방의 방식이다 보니 어쩔 수 없다.

그러니 여기서 혐오로 자르고 횡령으로 고발해 봤자 국민들은 관심을 가지지 않는다.

"최재철이 터트릴 수는 있겠지만, 치명적인 파괴력은 결코 나오지 않을 겁니다."

절묘하게 파괴력을 줄이면서 정리할 수 있게 되는 것이다.

"좋은 방법이군."

유찬성은 인정할 수밖에 없었다, 이것 이상으로 파괴력을 줄일 수 있는 방법은 없다는 걸.

그러나 여전히 문제는 남아 있었다.

"그럼 첫 번째 표적은 누군가? 생각해 둔 사람이 있나?"

가장 중요한 것은 첫 표적이다.

그래야 사건의 모든 관심이 그곳으로 쏠릴 테니까.

"네, 있습니다."

"누군데?"

"성 소수자 협회인 크레파스의 대표입니다."

"성 소수자?"

"가장 극렬하게 저항할 수 있는 사람이어야 합니다. 그런 점에서 그들이 제격이지요."

"아하!"

장애인들은 아무래도 자신의 의견을 표현하는 게 쉽지 않다. 그리고 노숙자나 파트타임을 하는 사회적 약자들은 너무 숫자가 많아서 그들을 규합하는 것도 힘들고, 진실재단이 그들을 쳐 내고 다른 바지 사장을 들이미는 게 쉽다.

마지막으로 독거노인이나 소년소녀 가장은 그들에게 지원받는 것이 아무리 적다고 해도 일단 절실하기 때문에 저항하기 쉽지 않다.

"하지만 성 소수자는 존엄성의 문제가 걸려 있거든요."

"맞는 말이네, 하하하."

특히나 그들은 다른 사람들에 비해서 극렬하게 저항하는

사람들이 많다.

존엄성의 문제가 걸려 있다는 것은 트라우마도 심하다는 뜻이다.

"그리고 기자들이 초반에 관심을 가져야 사람들이 피로도를 느껴서 나중에 최재철이 터트려도 별 효과가 없지요."

"아하!"

성 소수자 내부에서의 이런 분란은 기자들이 좋아할 만한 떡밥이다.

"일단은 그들의 대표부터 조사해 보지요."

⚖

"특이 사항은 없는데요."

무태식은 정리된 사항을 뒤적거리면서 고개를 갸웃했다.

노형진이 대표단 중에서 한 명을 딱 집어냈는데, 그가 혐오 주의자라는 증거가 없었기 때문이다.

그는 성 소수자 단체인 크레파스의 대표 한광무였다.

"도대체 왜 이 사람이 혐오 주의자라고 생각하신 겁니까? 특이한 발언은 없는데요."

"그 사람은 교회를 다니거든요. 그래서 혐오 주의자라고 생각하는 겁니다."

"네?"

"그게 뭔 말인가?"

자료를 검토하기 위해서 동석한 유찬성 의원도 이해가 가지 않았다.

교회에 다니는 사람은 많다. 그리고 그중에는 성 소수자들도 분명히 존재한다.

"교회에 다닌다고 다 소수자에 대해서 색안경을 끼고 보는 건 아닐세. 그들에게 우호적인 교인들도 있어."

"맞습니다."

대한민국의 기독교계가 기본적으로 성 소수자에 부정적이기는 하지만 개개인의 의견은 다를 수 있다. 그러니 교회에 간다고 차별 주의자라고 볼 수는 없다.

"하지만 목사를 믿는다면 이야기가 달라지지요."

"응?"

"이 사람이 믿는 사람은 전돈주라는 목사입니다."

"전돈주?"

"네."

대한민국의 대표적인 보수 목사이며 또 유명한 목사이다.

물론 유명한 목사를 믿는다고 해서 문제가 되는 것은 아니다.

그러나 다른 사람도 아니고 한광무가 그를 믿는 것은 전혀 다른 문제였다.

"어째서?"

"전돈주는 극단적 혐오 주의자입니다."

"극단적 혐오 주의자?"

"네."

그는 동성애 같은 성 소수자들을 그냥 혐오하는 수준이 아니라 산 채로 불태워 죽여야 한다는 극단론자였다.

수만 명이 듣는 기독교 방송에 나와서 성 소수자들은 모조리 산 채로 불태워서 정화해야 하는 사탄의 앞잡이라고 몇 번이나 말했던 것이다.

"이야기를 들어 보니 그의 목회 중에도 그런 내용이 많다고 하더군요."

"그래?"

"네. 그런데 한광무는 그를 따라다닙니다."

"그를 따라다닌다니?"

"교회에 가면 하나님을 믿는 게 아니라 목사를 믿는 사람들이 있지요?"

두 사람은 고개를 끄덕거렸다.

"그런 타입입니다."

조사한 결과에 따르면 한광무의 집은 경기도이다.

그런데 전돈주 목사의 교회는 서울 한복판에 있다. 그것도 강남.

"일반적으로 그런 상황이면 근처의 다른 교회를 가는 게 보통이지요."

"음……."

물론 사업 등으로 인해 인맥이 필요해서 그럴 수도 있다.
하지만 한광무는 사업을 하는 사람이 아니다.
“그리고 교회에 가는 시간도 일정하다면 일정합니다.”
“일정하다?”
“정확하게 전돈주 목사의 시간에만 찾아갑니다.”
모든 신도는 주말에 예배를 드리러 간다. 전돈주 목사 역시 주말에 예배를 한다.
하지만 그 시간은 정해진 게 아니다. 돌아가면서 해야 하니까.
대형 교회는 목사가 여러 명이기 때문에 정해진 시간에 가지 않는다.
“보통은 시간을 나눠서 목사들이 설교하지요.”
그리고 신도들은 자신들이 편한 시간에 찾아간다.
그래서 목사가 바뀔지언정 신도들의 시간이 바뀌는 경우는 드물다.
“그런데 한광무는 시간이 어떻게 바뀌든 전돈주 목사의 예배 시간에만 가더군요.”
“으음?”
“이해가 가십니까?”
“이해가 안 되는군.”
유찬성 의원은 고개를 갸웃했다.
자기와 같은 동성애자를 비롯한 성 소수자를 혐오하고 그

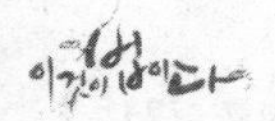

런 이야기를 자꾸 하는 목사의 예배 시간에 맞춰서 교회를 간다? 그건 말도 안 된다.

사람에게는 자존심이라는 게 있다. 충분히 피할 수 있는데 굳이 욕먹으려고 하지는 않는다.

"그렇다면 그에게 뭔가 메리트가 있는 걸까요?"

"글쎄."

교회의 목사로서, 뭔가 그러한 욕을 먹는 것 이상으로 영혼적 울림을 줄 수 있는 목사일까? 그래서 가는 걸까?

아니다.

"그의 기록을 보면 그는 그런 타입이 아닙니다."

주변의 말에 따르면 그는 특정 정당을 광적으로 지지하며 예배 시간에 그들을 격하게 옹호한다고 한다. 어떤 경우에는 예배 시간 내내 그 이야기만 한다고 한다.

특히나 선거철 같은 경우에는 더더욱.

"기록을 보니 선거법 위반으로 무려 14회나 고발되었더군요."

"그런데?"

"제대로 처벌받은 적이 없습니다."

대부분 벌금 100만 원 이하의 처벌로 끝났다.

그렇게 강력한 지지자라면 정치인들이 나서서 보호해 줄 테니까.

"그런 사람이 영적인 울림을 줘서 그에 감동받아서 간다는 건 말도 안 되지요."

사람마다 영적인 울림에 대한 기준은 다르겠지만 가장 기본적인 것은 존중이다.

기본적으로 사람을 존중하지 않는 사람이 다른 사람을 감동시킬 수는 없다.

"그러면 다른 뭔가가 있어야 하는데, 제 생각에는 대리 만족이 아닌가 합니다."

"대리 만족이라고요?"

무태식은 어이가 없었다.

노형진의 말이 뭘 뜻하는지 알아차린 것이다.

"그러니까 자기는 성 소수자를 혐오하는데 말할 수가 없으니까, 대신 욕하는 사람을 찾아간다 이건가요?"

"그렇습니다."

"음……."

확실히 일리가 있는 말이기는 하다.

하지만 그렇다고 해서 그가 무조건 혐오 주의자라고 몰아갈 수는 없다.

"자네 말이 맞다 하더라도, 그가 혐오 주의자인지 어떻게 드러낸단 말인가? 그에게 물어본다고 해서 그가 자기의 성적인 취향을 드러내지는 않을 텐데."

"정치적으로 낙하산으로 내려온 녀석이 진짜로 성 소수자일 가능성은 없지 않습니까?"

"아하!"

말 그대로 소수이기 때문에 소수자라고 부르는 것이다.

그중 일부가 정치적으로 결탁할 수는 있지만 정작 그들은 핵심에까지 가지 못한다.

그들이 추구하는 건 돈과 권력이지, 융화와 배려가 아니니까.

"그리고 성 소수자라면 그딴 식으로 행사를 하지는 않을 겁니다."

"행사라니?"

"서울에서 한 성 소수자 축제 말입니다."

"응?"

"본 적이 없으신가 보군요."

"잘 모르겠는데?"

"보시면 알 겁니다."

노형진은 피식 웃으면서 어떤 영상을 인터넷에서 찾아서 틀어 줬다.

그걸 본 유찬성과 무태식은 어이가 없어졌다.

"이게 공식 축제라고?"

"네."

"미친 게 아니고?"

"미친 거 아닙니다. 뭐, 미쳐서 그럴 수도 있겠네요."

성 소수자 축제의 목표는 자신들에 대한 잘못된 상식을 깨부수고 자신들의 당당함을 표현하는 것이었다.

그런데 이건 아무리 봐도 제정신이 아니었다.

성기만 가린 남자들이 무대에 올라와서 항문을 들이밀면서 춤을 추는 것을 사람들이 보면 과연 뭐라고 할까?

“성 소수자 축제가 아니라 혐오 축제 같군요.”

정상적인 사람이라면 이런 광경을 보여 주는 축제를 보고 배려나 조화가 아니라 혐오를 배울 수밖에 없다.

“이 당시에 알아보니, 이런 걸 주장한 사람이 바로 한광무입니다.”

“헐!”

바보가 아닌 이상에야 이럴수록 혐오자만 많아질 걸 알 것이다. 그런데 이런 걸 주장하다니?

“특권을 요구하는 시위라는데, 개소리죠.”

만일 이성애자가 이런 짓을 한다면 당장 미친놈 소리를 들을 테고, 경찰이 와서 음란 행위로 체포해 갈 것이다.

애초에 바바리맨들이 그런 놈들 아닌가?

“그래서 이게 어떻게 되었다고 하던가?”

“보다 못한 시민 중 일부가 항의했답니다. 그랬더니 한광무 쪽에서는 성 소수자에 대한 혐오라고 게거품을 물었다고 하더군요.”

“이건 혐오의 문제가 아닌 것 같은데?”

“그건 한광무도 마찬가지입니다.”

“응?”

“약자는 언제나 약자여야 하거든요.”

"무슨 소리야?"

"만일 성 소수자가 주류에 편입된다면 무슨 일이 벌어질까요?"

"주류?"

"네. 시대가 바뀌어 가고 있으니까요."

시대가 바뀌었고, 사람들의 생각은 많이 달라졌다.

"과거에 비해서 성 소수자에 대한 혐오가 많이 약해지기는 했거든요."

과거에는 성 소수자들을 질병이나 정신이상으로 보는 문화가 강했다.

하지만 나라가 발전하고 인권 의식이 신장되고 국민들의 지식이 늘어나면서, 이를 혐오적인 대상으로 보는 사람보다 '그래, 뭐 저런 사람도 있을 수 있지.' 수준으로 완화되었다.

물론 일부 혐오 주의자들은 여전히 존재한다.

하지만 반대로 교회 내부에서조차 그들의 인권을 존중하자는 소리가 나오는 것을 보면, 이런 문제로 여러 가지 말이 많긴 해도 해가 지날수록 그들에 대한 혐오가 순화되고 있다는 것은 확실해 보인다.

"그렇게 되면 자기들의 이권이 약해지지요."

"아! 지능적 안티!"

"네."

무태식은 바로 알아들었다.

성 소수자에 대해서 사람들 그다지 신경 쓰지 않고 자기 좋으면 그만이라는 식으로 나오면 그들은 성 소수자라는 점을 이용해서 이권을 챙기지 못하게 된다.

그러니 그걸 지키기 위해서는 어떻게 해서든 성 소수자에 대한 혐오를 드러내야 한다.

"기록을 보고 나니 이해가 가더군요. 실제로 성 소수자 축제가 이런 식으로 바뀐 후에 인터넷상에서 혐오 여론이 극도로 늘었습니다. 과거에 중립을 지키거나 우호적이던 사람들도 반대로 돌아섰구요. 성 소수자는 이해하지만 거리에서 음란 행위를 하는 것은 범죄죠. 한광무가 그걸 몰랐을 가능성은 전혀 없구요."

처음에 생겼을 때만 해도 성 소수자 축제는 사람들에게 성 소수자에 대한 올바른 지식을 이야기하고 혐오를 줄이기 위한 알림의 장이었다. 그래서 호응도 나쁘지 않았다.

일반인들도 그런 그들을 이해하고, 가족들과 함께 나오거나 아이들을 데리고 와서 인권에 대해서 교육하는 현명한 부모도 있었다.

그런데 한광무가 대표가 되고 난 후 괴상한 복장과 음란한 행동과 망측한 공연 등을 하기 시작했다.

심지어 일부 성 소수자들조차 이런 건 아니라고 했지만, 한광무는 들은 척도 하지 않았다.

도리어 성 소수자에 대한 탄압이라면서 소리를 지르고 다른 사람들과 그들을 협박했다.

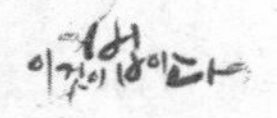

경찰은 그걸 보고만 있었다.

자신들에게 조금만 불리하면 성 소수자 탄압이라고 거품을 물며 정치인을 불러 젖히니 답이 없었던 것이다.

"그런데 그런 녀석이 성 소수자 혐오자라면 어떻게 되겠습니까?"

"음……."

아마도 그들은 배신감을 느낄 것이다. 그리고 어떻게 해서든 그를 몰아내려고 할 것이다.

"그래서 그를 공격하겠다?"

"네."

"무슨 수로?"

"고백요."

"헐?"

생각지도 못한 말에 다들 깜짝 놀랐다.

⚖

크레파스 내부에서는 한광무에 대해 불만이 많을 수밖에 없다.

상식적으로 혐오를 줄이는 정책이 아니라 혐오를 늘리고, 사람들과 대립각을 세우면서 이권만 요구하는 정책을 싫어하는 사람들이 없을 수가 없으니까.

다만 방법이 없으니까 그냥 조용히 입을 다물고 있을 뿐.

“고백요?”

노형진은 소개를 통해서 그중 한 사람을 만났다.

“네. 혹시 한광무에게 파트너가 있다거나 하는 소리를 들어 본 적이 있나요?”

“음…… 그러고 보니…… 없네요?”

그는 고개를 갸웃했다.

한광무가 활동을 하지만 파트너가 있다는 소리를 들어 본 적은 없다.

크레파스는 그들에게 자유로운 공간이라 그런 이야기가 한 번씩은 나오고, 누구와 사귀고 있다거나 하는 식의 이야기도 흔하게 듣는데 말이다.

“그렇지요?”

노형진은 그 부분에서 더 확신이 들었다, 한광무는 동성애자가 아니라는 것을.

그가 대표가 된 지 5년이 지났다. 그사이에 어떤 이야기라도 있어야 한다.

‘그런데 심지어 사람들이 집도 모른단 말이지.’

상식적으로 내부 결속이 강한 이런 집단에서, 그건 말도 안 되는 소리다.

“그러면 그에게 고백을 한 사람은요?”

“없는데요.”

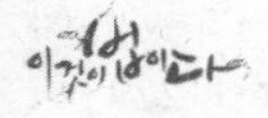

"그래요?"

"우리도 취향을 탄답니다."

씨익 웃고 노형진을 위아래로 살펴보는 남자.

물론 노형진은 그런 그의 마음을 알고 있었다.

"사절이염."

"헐, 사절?"

"네. 전 이성애자라서요."

"재미있는 분이네요."

그는 킥킥 웃었다.

그럴 수밖에 없는 게, 자신이 게이라는 것을 알고 있는 상대를 이런 식으로 바라보면 대부분 움찔하기 때문이다.

그런데 장난스럽게 '사절이염.'이라면서 거절하다니.

"저도 뭐, 그다지 혐오하는 타입은 아니라서요."

"요즘 젊은 층은 대부분 그렇지요."

그는 한숨을 내쉬었다.

일부 집단에서 극단적 혐오를 표방하기는 하지만, 젊은 사람들은 과거에 비해서 그렇게 심하게 혐오하지는 않는다.

"어찌 되었건 중요한 건 그게 아니라고 생각합니다."

"아니라고 한다면?"

"한광무에 대해서 말이지요."

노형진은 자신들의 상황과 몇 가지 사항 그리고 한광무에 대한 정보를 알려 줬다.

그 말을 들은 남자는 눈살을 찌푸렸다.

"아, 그놈들요?"

"그놈들?"

"네."

한광무가 들어오고 난 후에 갑자기 극단적으로 행동하는 사람들이 늘었다고 한다.

아무리 성적 소수자라고 해도 성적 취향을 빼고는 보통 사람들과 같다.

하루하루 일해서 먹고살고 소주 한 잔으로 하루의 피로를 풀고 담배 한 개비 피우면서 상사를 씹는, 말 그대로 일반인들.

"그런데 요 근래에 극단적으로 혁명을 하자니 저항하자니 하는 성 소수자들이 늘었어요. 이해가 안 가요."

"흠."

물론 저항이 필요하기는 하다.

성 소수자들은 오랫동안 싸워 왔기 때문에 어떤 방식이 제일 효율적인지 잘 안다. 극단적 방법은 혐오를 불러일으킬 뿐이다.

"그런데 그 녀석들은 이상하게 극단적으로 혐오를 일으킬 행동을 하면서 그걸 저항으로 포장하더군요."

"음……."

보아하니 크레파스 내부에서 그래서 파벌이 생긴 모양이었다.

기존에 있던 멤버들과 새로 들어온 극단론자들로 말이다.

'그리고 극단론자들이 한광무를 지지한다 이거지.'

"하지만 말씀하신 게 사실이라면 의심스럽기는 하네요."

"그럼 도와주시는 건가요?"

"어려운 건 아니니까요."

남자는 고개를 끄덕거렸다.

흔하게 있는 일이고, 만일 한광무가 진짜로 성 소수자라면 문제가 될 만한 것도 아니다.

"감사합니다."

"별말씀을요. 다 돈 받고 하는 건데."

그는 씩 웃었고, 노형진은 머쓱하게 지갑을 꺼내 들 수밖에 없었다.

⚖

"사랑해요."

"뭐?"

한광무는 자신의 손을 꼭 잡은 채 해 오는 남자의 말에 멈칫했다.

"회장님을 오래전부터 사모하고 있었어요."

"야…… 그게 무슨 소리야?"

술 한잔하자고 해서 나왔더니 난데없이 자신에게 고백하

는 남자라니.

물론 고백을 하는 게 보통 남자이기는 하지만, 문제는 한광무 자신도 남자라는 것이다.

"무슨 소리야?"

"회장님과 함께하고 싶어요."

남자는 한광무에게 기대면서 한숨을 푹 쉬었다.

성 소수자 협회의 대표인 한광무가, 그 세계에서 그게 무슨 뜻인지 모를 리 없었다.

"어…… 미안……. 난…… 그런 생각 해 본 적이……."

"물론 다른 파트너가 있을 수도 있겠지만, 절 받아 주시면 안 될까요?"

"미안해……. 넌 내 취향이 아니야."

한광무는 진땀을 흘리면서 거절했다.

하지만 남자는 끈질기게 매달렸기에, 나중에 다시 이야기하자고 말하고 나서야 한광무는 그를 보낼 수 있었다.

그리고 홀로 남은 그는 으슥한 곳에 다다르자 거칠게 욕설을 내뱉었다.

"씨발, 저 더러운 똥꼬충 새끼가! 뭐? 사랑? 씨발, 내가 왜 더러운 게이 똥꼬충이랑 이러고 있어야 해! 아오, 씨발!"

그는 이를 박박 갈면서 어디론가 전화를 했다.

"야! 난데, 같이 룸살롱이나 가자. 뭐? 씨발, 닥치고 나와. 지금 기분 더럽거든! 똥꼬충 새끼가 나한테 고백했다. 씨발,

돈 몇 푼 받겠다고 이 짓거리 해야 하냐? 처웃지 마, 이 새끼야. 네가 똥꼬충을 안 봐서 그래! 그래, 씨발. 오늘 룸살롱 가서 몸 안 풀면 돌아 버리겠다."

좀 떨어진 곳에 서 있던 노형진은, 씩씩거리면서 전화하는 그의 모습을 찍으면서 빙그레 미소를 지었다.

"빙고."

⚖

감자를 캐면 한 뿌리에 열린 감자들이 줄줄이 나온다. 그리고 지금 상황이 딱 그 짝이었다.

한광무가 부른 사람들은 진실재단에 속해 있는 각 협회의 협회장들이었다.

그들은 단체로 만나서 룸살롱에 가서 떠들기 시작했다.

그 룸살롱은 노형진이 사건을 해결해 준 사람들이 연 곳이라, 그곳 사람들은 노형진을 위해서 기꺼이 도움을 줬다.

-씨발, 더러운 똥꼬충 새끼들. 아오, 씨발. 기분 진짜 더럽네.

똥꼬충은 혐오 주의자들이 성 소수자를 비하해서 하는 말이다.

그런데 한광무의 입에서는 계속 그 말과 함께 욕설이 튀어나오고 있었다.

-그럴 수도 있지, 뭘 그래?

—씨발, 이 새끼야. 너는 얼마 전에 고삐리가 도와 달라고 했다면서?

—아, 그년? 아, 말도 마라. 뭔 놈의 고삐리가 그렇게 쭉빵인지, 발기해서 아주 죽는 줄 알았다.

—적당히 구슬려서 창녀로 넘겨. 짭짤하다면서?

—성인으로 술집에 가 있는 거 따먹는 거랑 안 익은 생처녀 따먹는 거랑 같냐?

—너같은 소아 성애자가 아동복지 단체장이라니, 참 지랄이다.

—너는 뭐 다르냐?

—닥쳐, 이 새끼들아. 너희는 가끔이지, 씨발. 난 거지새끼들이 맨날 와서 죽겠어.

—하긴, 빈민 지원 단체에서는 돈 빼돌리기도 쉽지 않지.

—씨발, 실적 좆같아서 재단에서 자른다는데, 어디서 빼내냐고. 빡돌아 죽겠네.

—도시락에서 빼돌려! 몇 년 잘해 먹었잖아?

—유찬성인지 뭔지 하는 새끼가 요즘 들쑤시고 다녀서 그것도 안 돼. 씨발.

—아, 그 새끼 진짜 답 없네.

—그러니까 당에서도 그 새끼는 통제 안 된다고 두 손 두 발 다들더라.

노형진은 이쯤에서 녹음된 기록을 껐다. 그리고 모여 있는 사람들을 바라보면서 미소를 지었다.

"질문 있으신 분?"

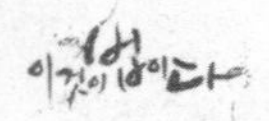

"……"

질문은 없었다. 아니, 질문할 수가 없었다.

믿었던 대표들이 횡령을 하고 자신들을 이렇게까지 무시하고 있다는 것은 몰랐던 것이다.

'이거 일이 완전 편해졌네.'

원래는 하나씩 증거를 모아야 했다.

그런데 한광무가 한 짓거리 덕분에 모조리 나와서 입을 털어 대서, 일이 무척이나 편해졌다.

그리고 그들의 행동을 봐서는 그런 자리가 한두 번이 아닌 듯했다.

'하긴, 자기들이 혐오하는 대상과 일하고 있으니 스트레스가 쌓이겠지.'

꼴에 동병상련이라고 자기들끼리 뭉쳐서 술 처먹으면서 이런 식으로 스트레스를 푼 모양인데, 이번에 딱 걸린 것이다.

"이들이 대표가 되어야 하는 이유가 있다고 생각하십니까?"

"절대 안 됩니다."

"이건 용납할 수 없습니다!"

"쫓아내야 합니다!"

성 소수자 단체뿐만이 아니라 다른 사회운동 단체의 사람들도 극도로 흥분했다.

이런 사람을 존중하고 믿고 따르면서 어떻게 해서든 세상을 바꾸려고 했다는 게 회의감이 들 정도로 큰 사건이었다.

"하지만 현 상황에서는 그들을 쫓아내지 못하지요. 안 그런가요?"

"으음……."

그럴 수밖에 없다.

정치적 힘이 빠지면 지원도 끊어진다.

그나마 아동보호 단체나 복지 단체 등은 후원금이라도 있지만, 성 소수자 단체나 외국인 노동자 보호 운동 단체는 후원금이 없다.

그게 끊어지면 대책이 없게 된다.

"그러니 여러분들이 나서야 합니다."

"어떻게요?"

"모든 단체에는 정관이라는 것이 있지요."

"정관?"

"네."

쉽게 말해서 그 단체의 규칙 같은 것이다.

그걸 기준으로 운영을 하고 그걸 기준으로 해직할 수도 있다.

"하지만 그걸 집행해야 하는 사람들이 이 꼴인데……."

누군가 말했다.

그걸 집행해야 하는 놈들이 과연 스스로에게 집행할까?

당연히 안 할 것이다.

"하지만 그 내부에는 해결책이 있지요."

"해결책?"

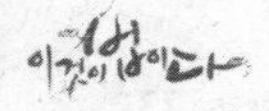

"네. 대부분의 사람들은 정관을 그다지 관심 있게 보지 않지만 말입니다."

모든 정관에는 부패한 사람들에 대한 처벌 규정이 있다. 그리고 노형진은 관련 단체에 규정이 있음을 확인했다.

하지만 그 수치가 터무니없이 높았다.

"정관에 따르면 그들을 해직하기 위해서는 다음과 같은 조건이 필요합니다."

회원의 3분의 1 이상의 동의를 얻어서 관련 회의를 열고 3분의 2 이상의 표를 얻으면 해직이 가능하다.

"3분의 1 이상의 동의를 어떻게 얻으란 말입니까?"

노형진은 녹음기를 흔들었다.

"이거죠. 과연 이걸 들은 회원분들이 그냥 가만히 있을까요?"

"아하!"

당연히 극도로 흥분할 테고, 자르기 위해서 어떻게 해서든 표를 모으려고 할 것이다.

"설사 아니라고 한다고 해도, 돈이 달려 있다면 이야기가 달라지지요."

"돈? 돈을 줄 수는 없지 않습니까?"

"하지만 국가 지원금을 운영하기 위해서는 운영자를 뽑아야지요."

자리에 있던 사람들의 눈빛이 약간 달라졌다.

'그렇지. 완벽하게 깨끗한 사람은 없지.'

그런 사람이 있다면 그건 그것대로 정신병이다.

이들이 한광무처럼 어마어마하게 해 처먹지는 않겠지만 적지 않은 권력과 돈을 받을 수 있다.

당장 한광무만 해도 한 달에 받아 가는 월급이 700만 원이다. 그러니 욕심이 안 날 리 없다.

'분노와 목적이 만나면 시대는 움직이는 법이지.'

그리고 그곳에다가 살짝 기름을 쳐 주면 상황은 폭주하기 마련이다.

"여러분들이 걱정하는 게 뭔지 압니다. 정치적 지원이겠지요. 정치적 지원이 끊어지면 지원도 끊어질 테니까요."

"그건 그래요. 아무리 이들이 빼돌렸다고 하지만, 처음부터 아예 없는 것과는 또 다르니까요."

빼돌리는 것까지 감안해도 제로에 비하면 일단은 플러스다.

하지만 정치적으로 지원이 끊어진다면 그건 그냥 제로다. 그러니 섣불리 쳐 내지는 못한다.

"그래서 여러분들에게 도와줄 분을 소개시켜 드리고자 합니다."

"도와줄 분?"

"이번 사건을 알아채고 여러분들을 돕기 위해서 의뢰까지 하신 분이지요. 유찬성 의원님, 앞으로 나오세요."

유찬성 의원은 머쓱하게 머리를 긁으면서 나왔다.

"거참, 그렇게 말할 필요 없다니까."

'없기는 개뿔.'

유찬성은 정치인이다. 손해 보는 짓은 절대 안 한다.

그리고 그가 이득을 챙기는 방식은 간단했다.

'이들을 그대로 집어삼키겠다 이거지.'

이들의 지지를 받아서 진보의 아이콘으로 올라선 의원이 몇몇이 있다. 물론 돈과 청탁으로 엮여 있고 그 때문에 당에서는 잘라 내지 못한다.

그리고 유찬성 의원은 이번 기회에 이들을 그대로 집어삼킴으로써 자신의 권력을 확실하게 하려고 하는 것이다.

'자신의 계파를 만든다라.'

유찬성 의원은 독고다이 스타일이다. 그래서 딱히 계파라는 것이 없었다.

하지만 내부에서 총질을 당해 보니 이대로 있다가는 죽겠다는 생각이 든 것이다.

그래서 외부 집단과 손잡고 세력을 만들기로 했고, 때마침 노형진 때문에 피바람이 불 수밖에 없는 진실재단을 집어삼키기로 한 것이다.

"여러분을 위해서 오래전부터 활동하신 분입니다."

"오래전은 무슨."

아무것도 모르는 것처럼 머쓱하게 웃는 그 얼굴.

'진짜 몰랐다면 이 자리에 없었겠지.'

가면을 쓰고 웃고 있는 그를 보면서 노형진은 씩 웃었다.

'뭐, 나쁜 건 아니지.'

정치를 할 때 깨끗하기만 해서는 안 된다.

노형진이 말했던 것처럼 똥을 치우기 위해서는 몸에 똥을 묻힐 수밖에 없는 게 한국의 구조다.

선으로 대하면 팽당하니 가면을 쓰고 적절하게 뒤에서 칼을 갈아야 한다.

그리고 유찬성은 그런 것을 잘하는 사람 중 한 명이었다.

"반갑습니다, 여러분. 국회의원 유찬성입니다."

그가 반갑게 인사를 건네자 사람들의 시선이 그에게 쏟아졌다.

⚖

"뭐라고요?"

최재철은 생각지도 못한 보고에 당황했다.

오랫동안 정치를 한 그가 당황하는 경우는 드물었지만 오늘은 당황하지 않을 수가 없었다.

"진실재단이 무너져요?"

"네. 산하에 있던 단체들이 모조리 이탈했습니다. 그리고 자기들끼리 새로운 단체를 만들었습니다."

"그게 무슨 말입니까?"

워낙 갑작스럽게 벌어진 일이라 최재철도 이해할 수가 없

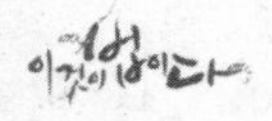

는 보고였다.

“사실은…….”

관련된 사항에 대해서 비서가 보고하자 최재철은 저도 모르게 얼굴을 찌푸렸다.

‘내가 15년이 넘게 공을 들였는데 그렇게 쉽게 무너졌다고?’

이해할 수가 없었다.

하지만 이상할 것도 없었다. 소수자들의 대표가 소수자를 혐오하는 발언을 했는데 누군들 자르지 않았겠는가?

“음…… 진실재단에서는 뭐라고 하던가요?”

“조만간 재건할 테니 걱정하지 마시라고 합니다.”

“재건이라…….”

“네. 바지 사장은 많다고, 걱정하지 말라고 하더군요.”

“멍청하긴.”

기존에 그들이 세력을 키울 때, 그들을 포섭해서 바지 사장 비슷하게 자리를 차지하게 하는 건 어려운 일이 아니었다.

기존에 아예 단체가 없었거나 있어도 세력이 약했으니까.

하지만 이제는 강력한 단체가 있고 그들은 이쪽의 범죄 기록까지 가지고 있다. 바지 사장은커녕, 소속될 사람이나 뽑을 수 있으면 다행이었다.

‘끄응…… 돌아 버리겠군. 이건 예상하지 못한 일인데.’

사실 진실재단이 날아간 거야 문제가 되지 않는다.

진짜 문제는 그들 아래 있던 조직이 모조리 유찬성에게 넘어갔다는 것이다.

'쓸 만한 패였는데.'

지난번에 날아간 보수 단체들은 사실 그저 돈이나 빼돌리고 시위에 사람이나 동원하는 목적이었다. 대체하려면 얼마든지 할 수 있는 놈들이다.

하지만 이들은 아니다.

내부에 심긴 폭탄이자, 여차하면 터져서 그들의 심장을 공격할 수 있는 카드였다.

'그런데 날아갔어?'

특별히 소송이 진행되었던 것도 아니고 외부로 드러난 것도 아니었기 때문에 전혀 알지도 못한 채로 당했다.

"그리고……."

뭔가 우물쭈물하는 표정이 되는 비서.

"뭡니까?"

"이번 소송을 담당한 게 새론입니다."

"새론?"

벌써 두 번째다. 자신의 일을 방해한 두 번째 일이다.

"그들이 나서서 한 건가요?"

"그건 아니고, 이번에도 유찬성 의원이 의뢰를 맡긴 듯합니다."

"그 인간……."

유찬성의 이름에 최재철은 신경질이 났다.

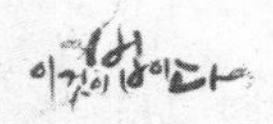

"또 그 인간이군요."

어떻게 해서든 통제해 보려고 하지만 통제가 안 되는 놈이다.

럭비공이 어디로 튈지 모른다고 하는데 이 인간은 진짜 럭비공보다 더하면 더했지 결코 덜하지는 않은 인간이다.

"뭔가 사전에 교감이 있었나요?"

"단순 의뢰인 듯합니다."

조사에 따르면 유찬성 의원이 몇 달 전부터 조사했고, 의뢰를 한 건 얼마 되지 않았다고 했다.

"결국 이번 일의 주범은 유찬성이군요."

"네."

"흠……."

최재철은 절로 눈이 찌푸려졌다.

어지간하면 다 날려 버릴 수 있는 그지만 유찬성은 날려 버리기가 영 걸끄럽다.

일단 진보 측에서 너무 강한 파워를 가지고 있다. 그런 그에게 섣불리 공작을 걸면 일이 커진다.

"짜증 나는군."

비서는 움찔하며 목을 움츠렸다. 혹시나 모가지가 날아갈까 두려웠던 것이다.

하지만 그에게는 다행히도, 불똥은 다른 곳으로 튀었다.

"그러면 진실재단은 이름만 남은 거군요."

"네."

"고발하세요."

"네?"

비서는 당황했다.

그동안 힘들게 키워 온 폭탄을 날려 버리라고?

"하지만 위원장님, 지금 터트리면 충분한 효과가 안 나올 겁니다. 차라리 나중에 터트리는 것이……."

"그놈들은 폭탄으로서의 가치를 상실했습니다. 그런 놈에게 돈을 줄 수는 없지요."

"아아아……."

해가 바뀌고 예산이 반영되면서 진실재단에 가야 하는 돈이 있었다. 만일 진실재단이 멀쩡하다면 적지 않은 돈이 가게 될 것이다.

"하지만 의미가 없어요."

아무리 산하단체가 이탈했다고 해도 배정된 예산을 갑자기 조정할 수는 없다.

그러나 기껏 배정해 준 그 예산은 이제 아무 의미 없는 돈이다. 이런 사건의 특성상 자연스럽게 횡령에 대한 고발이 진행될 테니, 이번에 가는 예산은 빼돌리고 싶어도 빼돌리지 못하게 되는 것이다.

그렇다고 다시 폭탄으로 쓰자니, 불발탄밖에 되지 않는다.

"차라리 그 돈을 가지고 와서 우리 쪽 지지자들한테 배정하는 게 나을 겁니다. 그리고 황연수는, 입을 나불거리면 곤란하니까 적당히 처신시키고."

"알겠습니다."

비서는 아무 말 하지 않았다.

하지만 '적당히 처신'이라는 것이 결코 그 끝이 좋지는 않을 거라는 걸 알고 있었다. 아마도 그는 다시는 입을 열지 못할 것이다.

"예산이나 빼 와요."

이미 배정된 예산을 이제 와서 내놓으라고 할 수는 없다.

그렇다면 방법은 하나. 예산이 집행되기 전에 진실재단을 날려 버리는 것이다.

그렇게 하면 그 예산은 집행정지 되고, 자신의 힘이면 자신을 밀어주는 자들에게 그 돈을 수억씩 나눠 줄 수 있다.

그리고 적지 않은 돈이 자신에게 돌아올 것이다.

그러기 위해서는 진실재단이 사라져야 한다.

"고발할 수 있는 한 고발을 하고, 최대한 터트려 봐요."

"효과가 있을지……."

"없어도 상관없습니다. 중요한 건 그들이 사라지는 거니까."

"알겠습니다. 바로 시행하겠습니다."

비서는 고개를 푹 숙이고 나갔다.

사무실에 홀로 남은 최재철은 곰곰이 생각에 빠졌다.

"유찬성이라……. 손을 좀 봐야겠군."

그의 행동은 전혀 엉뚱한 쪽으로 흘러가기 시작했다.

죽음을 기다리는 하이에나

"끄응…… 끄응……."

손채림은 옆자리에 신음 소리를 내는 사람을 보고 안타까운 얼굴이 되었다.

"할머니, 괜찮아요?"

"누구여?"

"저예요."

"아, 옆자리 아가씨구먼."

"네. 괜찮으세요?"

"그렇다고 말하고 싶은데, 괜찮으면 간호사 좀 불러 주겠어?"

"네."

손채림이 간호사를 부르려고 하자 반대쪽에 있던 아줌마

한 명이 일어나더니 버럭 소리를 질렀다.

"아, 진짜! 죽으려면 빨리 죽든가, 왜 사람을 잠도 못 자게 하고 지랄이야, 지랄이!"

그 아줌마는 짜증이 난다는 듯 말했다.

"미안해요. 내가 너무 아파서 그래……."

"아프면 집에 가서 뒈지든가! 왜 잠도 못 자게……!"

그걸 보고 손채림은 무척이나 화가 났다.

그동안 보고만 있었더니, 이런 걸 적반하장이라고 하나 보다.

"이봐요, 당신이 할 말은 아니지요."

"뭐야?"

"당신, 교회에서 그만 좀 오라고 해요! 진짜 내가 그 인간들 때문에 잠을 못 자겠어!"

옆자리에 있는 할머니는 암 환자였다. 그것도 말기.

이제 얼마 남지 않은 생을 보내고 있는 상황이다.

그리고 건너편에 있는 사람은 다른 질병으로 입원한 사람이었다.

그거야 병원에서 6인실을 쓰다 보면 흔하게 겪는 일이기는 하다. 문제는 저 여자다.

"당신이 뭔데!"

"당신 교회만 사람이고 우리는 사람도 아닌가요?"

손채림이 이렇게 화내는 것은 이유가 있었다.

암 말기 환자의 통증은 상상 이상으로 심하다. 그래서 마약성 진통제가 아니면 버티지 못한다. 그러니 이해한다.

하지만 그 건너편 여자는 그게 아니었다.

“목사 사모인지 뭔지는 모르겠지만, 사람이 염치가 있어야지, 염치가!”

문병 오는 거야 뭐라고 할 일이 아니다. 문제는 신도라고 우르르 와서 기도하면서 다른 환자들의 휴식을 방해한다는 것이다.

그냥 자기들끼리 조용히 기도하면 이해라도 하겠는데, 그것도 아니고 통성기도를 한다.

병원에 입원해 보면 안다. 할 게 없다. 그러니 보통은 낮잠을 자는데, 그게 자꾸 방해되는 것이다.

“지금 나 무시하는 거야!”

“무시가 아니라, 염치가 있어야지.”

“너 뭐야! 내가 누군지 알아!”

버럭버럭 소리를 지르는 목사 사모.

소란스러워지자 다른 사람들도 너도나도 일어나기 시작했다. 하지만 다들 오늘은 작정한 듯, 손채림을 편들어 줬다.

“당신이 그렇게 잘났으면 6인실이 아니라 개인실로 갔어야지!”

“뭐라고?”

“그렇잖아요? 하루에 세 번씩 통성기도를 하면 다른 환자가 피해를 보잖아요!”

"맞아요!"

세 사람이 공격하기 시작하자 당황하는 목사 사모.

"아이구, 그만들 해요."

"할머니는 그냥 계세요. 이건 할머니 잘못이 아니에요. 저 여자 잘못이지."

자기는 온갖 민폐를 끼치는 주제에 죽어 가는 암 환자에게 짜증을 부리는 여자를 보고 다른 사람들도 화가 날 수밖에 없었다.

할머니가 가족도 없이 혼자서 암으로 죽어 가는데, 측은지심도 없단 말인가?

"당신 말이야, 고성방가라고 알아요!"

"너, 내가 남편한테 말해서 지옥으로 처넣어 버릴 거야."

"웃기네."

"이 사탄이……."

병실이 소란스러워지자 간호사가 와서는 눈을 찌푸렸다.

"다들 주무시는 시간이에요."

"아, 죄송해요. 그런데 저 아줌마……!"

손채림은 상대방 여자를 가리켰고, 간호사는 눈을 찌푸렸다.

"아줌마, 소란 일으키지 말라고 했잖아요."

"아니, 지금 누구 편을 들어 주는 거야! 내 남편이 누군지 알아!"

"알아요. 그런데 그거랑 여기랑 무슨 관계예요?"

"헐?"

간호사가 짜증을 내자 길길이 날뛰는 목사 사모.

자신의 남편은 서울의 대형 교회 목사다. 자신은 이런 취급을 받아서는 안 된다면서, 길길이 날뛰었다.

"아, 진짜."

"콜록콜록."

"아, 할머니."

"미안해요. 내가 다 늙어 욕심에 이런 분란을 일으키네."

그녀는 힘겹게 말했고, 손채림은 그녀를 부축하면서 무서운 눈빛으로 목사 사모를 노려보았다.

"아니에요."

그 눈빛에 찔끔한 목사 사모는 자신이 눈빛에서 밀린 게 억울하다고 생각했는지 더 크게 소리를 질렀다.

"그래서 뭐, 어쩔 건데? 응? 내 남편한테 뭐라고 한마디 해? 응? 그러면 여기 있는 사람 다 자를 수 있어! 알아!"

간호사는 눈을 찌푸렸다. 짜증이 나기는 하지만 틀린 말은 아니기 때문이다.

그러니 저 진상을 받아 주는 수밖에 없다.

"이 병원 원장이 그 교회라도 다니나 봐요?"

손채림은 비릿한 비웃음을 날렸다.

"그래! 어쩔래!"

보아하니 그걸 믿고 저렇게 안하무인으로 행동하는 모양

이다.

손채림은 피식 웃었다.

"그래요? 그러면 그 원장한테 짐 싸라고 해요."

"뭐?"

손채림의 말에 다들 당황했다. 자기가 뭐라고 원장 짐을 싸라고 하란 말인가?

"나, 유 회장님이랑 직통으로 전화하는 여자예요. 내일 아침에 전화해서 그대로 다 보고할 테니까 알아서 하라고 해요!"

"헉!"

간호사도 그 목사 사모도, 기겁을 했다.

이 병원은 대룡그룹 산하의 병원이다. 다시 말해서 유민택의 병원이라는 소리다.

그런데 그 회장의 직통 번호를 아는 여자라니.

"거짓말하지 마! 어디 대가리에 피도 안 마른 계집이 거짓말이야! 얼굴이 곱상하니, 유 회장에게 몸이라도 판 모양인데……!"

"뭐라고요?"

"아니면 너같이 새파랗게 어린 년이 회장 전화번호를 어떻게 알아! 보아하니 회장한테 몸이라도 대 주고 스폰이라도 받는 모양인데, 너 같은 걸레 년은 얼마든지 굴러다녀!"

손채림은 어이가 없었다.

이건 뭐, 이렇게까지 비뚤어졌으면 더는 답이 없는 사람이다.

'저걸 진짜.'

확 뒤집어 버릴까 하던 손채림은 속으로 심호흡했다.

'그래, 서당 개 3년이면 풍월을 읊는다고 했지. 여기서 화만 내면 내가 배운 게 허사가 되는 거야.'

그녀는 심호흡을 하면서 목사 사모에게 전화기를 내밀었다.

"여기에 대고 욕해 보시죠."

"뭐?"

"여기에 대고 욕을 하든가, 아니면 조용히 계시라고요."

약간 움찔하는 목사 사모.

여기서 밀리면 계속 밀린다는 걸 안 그녀는 결국 최악의 선택을 했다.

"하라면 못 할 것 같아! 유민택인지 뭔지 하는 놈한테 가랑이 벌리고 전화번호를 어떻게 딴 모양인데, 너 같은 년을 내가 못 죽일 것 같아!"

온갖 욕설을 다 하는 그녀. 듣던 다른 여자들도 어이가 없을 정도로 욕설을 했다.

하지만 손채림은 그녀가 다 말할 때까지 조용히 참았다.

"다 말했어요?"

"그래, 어쩔래!"

"그래요? 그러면 제 차례군요."

손채림은 전화기를 들어서 전화를 걸었다.

물론 이 시간에 유민택 회장에게 전화하는 것은 상당히 실례되는 일이다. 하지만 이 시간에 전화해도 자신을 도와줄 사람은 알고 있었다.

-여보세요.

"어, 나야."

-이 시간에 어쩐 일이야? 으하함…….

노형진은 전화를 받고 힘겹게 하품을 했다.

스피커폰에서 들리는 그의 목소리에 목사 사모는 피식 웃었다.

"유 회장님 어쩌고저쩌고하더니 결국 전화한 건 기둥서방이야?"

-응? 이게 뭔 개소리야?

스피커폰 상태였으니 그 아줌마의 목소리는 당연히 노형진에게 들렸고, 잠결에도 노형진은 당황한 듯했다.

"여기 문제가 있거든. 나보고 유민택 회장님 스폰 받는 창녀래."

-허어?

"이거 한번 들어 봐."

손채림은 녹음된 파일을 노형진에게 보내 줬고, 잠깐 그걸 들은 노형진은 심히 당황했다.

"어때?"

-어떻고 자시고……. 요즘 자살 방법치고는 참 참신한 것 같은데.

자살 방법이라는 말에 다들 어이가 없다는 표정이 되었다.

"그냥 둘 거야?"

-그럴 수야 없지. 그래도 새론의 입장에서는 대룡이 가장 큰손님인데. 음…… 회장님한테 바로 전화하기는 그렇고, 아마 회사 비서실에 대기 중인 사람이 있을 테니 그쪽으로 연락할게. 더 할 말 없지?

"어."

-거참…… 망하는 방법도 가지가지야.

노형진은 구시렁거리면서 전화를 끊었고, 통화 중에 새론의 이름이 나오자 목사 사모는 얼굴이 새파랗게 질렸다.

대형 교회의 목사 사모쯤 되면 이런저런 정보를 다 얻는데, 그중 하나가 바로 새론과 대룡의 관계였던 것이다.

그녀는 입을 다물었다.

그리고 전화가 끊어진 지 채 20분도 지나지 않아서,그 목사 사모의 전화통에서 불이 나기 시작했다.

"여…… 여보세요?"

-야, 이 미친년아!

상대방은 얼마나 화가 나서 소리를 크게 지른 건지, 스피커폰이 아님에도 불구하고 다들 들을 수 있을 정도로 목소리가 흘러나왔다.

-너 도대체 무슨 짓을 했기에 대룡 비서실에서 소송한다고 하는 거야! 너 미쳤어? 미쳤냐고!

아무리 교회가 커 봤자 대룡과 싸움이 될 리 없다.

거기에다 교회의 수많은 목사 중 한 명인 그를 위해서 그 교회가 싸워 줄 리도 없고 말이다.

"여, 여보……."

―여보? 여보? 지금 그 말이 나와! 남편 모가지를 날려 버리고 그 말이 나오냐고! 아오, 씨발! 점 봤을 때 남편 잡아먹을 년이라는 무당 말을 믿었어야 했는데!

그녀는 다급하게 전화기를 들고 나갔고, 손채림은 피식하고 웃었다.

목사인데 무당 말을 들어야 했다니.

"아이구, 속이 다 시원하네."

다른 사람들도 지금 상황이 어이가 없는지 피식피식 웃었다.

"그나저나 몸은 좀 어떠세요?"

"고마워요."

할머니는 진심으로 고마워했다.

그사이에 간호사가 와서 그녀에게 진통제를 주사해 준 것이다.

"내가 쓸데없는 욕심을 부려서 민폐를 끼쳤네."

"민폐는요. 어서 건강해지셔야지요."

"이제 와서 무슨."

할머니는 씁쓸한 미소를 지었다.

이미 의사로부터 마음의 준비를 하라는 소리를 들었다. 그리고 이미 오래전부터 마음의 준비를 하고 있었다.

"덕분에 재미있었어요."
"그래요?"
"늙어도 재미있는 건 재미있는 거예요."
"호호호."
할머니의 말에 손채림은 왠지 가슴이 짠해졌다.

⚖

다음 날 아침. 새벽부터 한바탕 난리가 났다.
목사가 와서 여자의 따귀를 올려친 후에 머리끄덩이를 잡고 강제로 퇴원시킨 것이다.
여자는 혼미한 표정으로 끌려갔고, 사정을 아는 간호사들과 환자들은 속이 시원하다는 표정으로 그들을 바라보았다.
"내가 그냥 개인실로 갔어야 했는데."
"아니에요. 가려면 저 여자가 가야지요."
손채림은 안타깝다는 듯 말했다.
제법 오래 병원에 있었는데 이 할머니의 병문안을 온 사람은 없었다.
즉, 가족이 없다는 뜻이었다.
"아가씨는 착한 사람 같네요."
"핫핫핫, 제가 좀 착해요."
손채림은 씩 웃었다.

"얼마나 계실지 모르지만 제가 잘 챙겨 드릴게요. 저도 팔다리를 다쳐서 어디 못 가거든요."

"가끔 오는 남편도 있는 것 같더만."

"에이, 남편 아니에요. 친구예요, 친구."

"좋은 사람 같은데 잘해 보지 그래요."

"아직은 시집갈 나이가 아니라서요, 호호호."

손채림은 넉살 좋게 웃었다.

그리고 그 인연은 상당 기간 이어졌다.

⚖

"할머니, 저 왔어요."

손채림은 퇴원한 뒤에도 계속 그녀를 찾아가서 이야기를 많이 나눴다.

그런데 오늘 병원에 갔더니 웬 시커먼 복장을 한 사람들이 할머니를 에워싸고 있었다.

"돈 좀 주세요!"

"제발요! 힘들어 죽겠습니다."

"좋은 일 한다 생각하시고. 기부 좀 해 주세요."

"불쌍한 아이들을 생각해서 조금만 도와주세요."

"신의 말씀을 전하는 데 기부하신다면 천당 가실 겁니다."

그들은 하나같이 할머니, 조말영을 에워싸고 돈을 요구하고 있었다.

그 광경을 보고 있던 손채림은 어이가 없어서 그들 앞을 가로막았다.

“당신들 뭐야!”

“당신은 뭐야?”

“아니, 당신들은 뭔데 여기서 돈을 내놓으라 마라야!”

“당신은 또 어디서 나온 건데?”

“나오다니? 내가 어디서 나와?”

상황을 이해하지 못하는 얼굴이 되는 손채림.

저들이 왜 돈을 달라는 건지, 자신에게 어디서 나왔느냐고 따지는 건지, 이해가 되지 않았다.

“같이 힘든 처지에 이러지 맙시다.”

“뭐가 같이 힘들어?”

어이가 없어서 되묻는 손채림.

그러나 그 대답은 들을 수가 없었다. 그들의 뒤에서 한 무리의 남자들이 우르르 들어왔기 때문이다.

“아, 이 인간들 또 어떻게 들어왔어!”

달려온 경비들은 짜증을 내면서 할머니 주위의 사람들을 제지했다.

“여기 오지 말라고 했지!”

“아, 진짜 좀 도와주세요!”

“힘들어서 그래요! 제발……!”

경비들은 그들을 끌고 나가려고 했고, 남자들은 저항하면서 계속 도와 달라고 징징거렸다.

"어어어……?"

그리고 경비는 손채림 역시 끌고 가려고 했다.

눈을 질끈 감고 있던 조말영은 그제야 경비들을 말렸다.

"그 아가씨는 아니에요."

"아, 그런가요? 죄송합니다. 아, 뭣들 해! 이 인간들 끌어내!"

"아주 돌겠네. 도대체 어떻게 자꾸 들어오는 거야?"

"여사님, 조금만 도와주시면 은혜를 잊지 않겠습니다! 네? 제발!"

끌려가면서까지 도와 달라고 고래고래 소리를 지르는 남자들.

그곳에 남은 손채림은 그들이 끌려간 방향을 멍하니 바라보았다.

"아니, 저 인간들 뭐래요? 아니, 왜 할머니한테 돈을 달라고 저래요? 보아하니 빚쟁이들은 아닌 것 같은데."

조말영은 미안한 표정을 지었다. 그녀의 얼굴은 아까보다 더 힘들어진 표정이었다.

"미안해요, 나 때문에."

"아니, 전 괜찮은데……. 저 인간들은 뭐예요?"

"제 재산을 노리는 놈들이에요."

"네?"

손채림은 어이가 없었다.

도대체 그녀의 재산이 얼마나 되기에 여기 병원에까지 와서 암 환자를 이렇게 괴롭힌단 말인가?

"할머니는 괜찮으세요?"

"아직은요."

"그런데 도대체 왜……?"

그녀는 이해하지 못한다는 표정으로 조말영과 사람들이 끌려간 방향을 번갈아 바라보았다.

"재산을 처분하기로 했는데…… 그걸 듣고 온 것 같아요. 변호사에게 부탁했더니 어디서 새어 나간 건지……."

"재산요?"

"준비는 해야지요, 때가 되었다면."

사람은 때가 되면 갈 때가 된다는 걸 안다고 한다. 그리고 조말영은 요즘 그런 느낌이 강해지고 있었다.

"그러면 자녀분들은……?"

손채림은 조심스럽게 물었다.

그동안 이런저런 이야기를 했지만 가족이 없는 것 같아서 굳이 물어보지 않았던 것이다. 하지만 변호사까지 온 걸 보니 뭔가 이유가 있는 것 같았다.

"가족은 없어요."

"아…… 죄송해요."

"아니에요. 미안할 거 없어요. 나 때문에 고생했는데."

"고생은요."

손채림은 어깨를 으쓱했다.

"그런데 뭐 문제라도 있으신 건가요?"

"가족이 없다는 게 문제네요."

"아……."

가족이 없고 당사자가 죽으면 그 재산은 국고에 환수된다. 그래서 조말영은 그 돈을 죽기 전에 기부하려고 했다.

그래서 변호사에게 기부할 만한 곳을 알아봐 달라고 했는데, 어디서 그 이야기가 새어 나간 건지 다짜고짜 찾아와서 자신들에게 기부하라고 매달리고 있다는 것이다.

"처음에는 기부를 하려고 했는데, 다른 사람을 통해서 알아보니 믿을 만한 곳이 없어서요."

"믿을 만한 곳요?"

"네. 어쨌든 이제 마무리를 지어야 하니……."

그녀는 배시시 웃었다.

손채림은 그걸 보고 왠지 마음이 짠해서 눈물이 나왔다.

"그런데 믿을 만한 곳이 없다는 게 무슨 뜻이에요?"

"어차피 국가에 들어갈 돈을 진짜 도움이 필요한 사람에게 주고 싶은데, 누구도 믿지 못하는 상황이라고 해야 할까요?"

손채림은 그런 그녀의 마음이 이해가 갔다.

자신도 새론에서 일하면서 사람들의 거짓말에 질려 버릴 정도인데, 이렇게 찾아와서 구걸하는 작자들을 보는 그녀는 무슨 생각이 들겠는가?

"제가 아는 변호사한테 한번 물어볼까요?"

"믿을 만한 곳이 있을까요?"

"에이, 우리 변호사 유명해요. 인맥도 넓고요. 뭐, 돈 달라고 할 것도 아니니 물어보죠 뭐."

"그래 주겠어요?"

"네."

손채림은 별생각 없이 말했다.

노형진이 설마 자신이 물어보는 것에 대해서 모른 척하겠느냐고 생각했던 것이다.

"아는 곳?"

"그래."

"딱히 없는데."

"그래? 너는 그런 걸 잘 아는 줄 알았는데."

"내가 다 아는 것도 아니고 또 그분 재산도 모르는데 뭐, 무조건 소개시켜 줄 수도 없잖아."

"재산이랑 무슨 관계야?"

노형진은 피식 웃었다.

"사람에게 너무 과도한 보물은 때로는 독이 되기도 하거든."

"응?"

"매년 수천만 원짜리 기업을 운영하던 사람이 갑자기 수천 억짜리 운영하게 되면 할 수 있을 것 같아? 그런데 그 돈이 내 돈이 아니라면?"

"아아, 그릇이 다르다 이거지?"

"바로 알아듣네."

수백만 원짜리 기부 단체를 운영하던 사람이, 몇억씩 기부금이 들어오면 욕심이 날 수도 있다.

100만 원을 기부받았을 때 그걸 바르게 처리했다고 해서 수억짜리 기부금이 들어왔을 때에도 바르게 처리하라는 법은 없다.

금액이 클수록 유혹은 강해지는 법이니까.

"일단은 기부금 액수부터 알아야지."

"그런가?"

"그래. 언제 한번 뵈러 가자."

"피곤하게 하는 거 아닌지 모르겠네."

"그런가?"

"그래. 안 그래도 암 환자셔서 매일같이 진통제로 사시는데 가서 돈 이야기 하기는 좀……."

"하긴…… 선임된 변호사도 아닌데 가서 그런 말 하기 좀 그렇다."

손채림은 안타깝게 말했다.

이제는 마지막을 준비하는 사람이라고 하지만 쓸데없이

귀찮게 하는 게 아닌가 하는 생각이 들었던 것이다.

“그런데 왜 6인실에 계신 거래? 그런 고민 할 정도면 절대 가난한 건 아닐 텐데.”

노형진은 고개를 갸웃했다.

재산이 있고 물려줄 사람이 없다면 차라리 특실에서 편하게 있는 게 더 좋을 것 같았기 때문이다.

“두려우신가 봐.”

“응?”

“평생을 혼자 사셨대. 그런데 혼자서 죽는 게 두려우시대. 혼자 죽고 누구도 알지 못하는 상태에서 그냥 썩어 가는 게 두려우시대.”

“쩝…… 이해가 가기는 한다.”

사람은 나이가 먹을수록 약해진다고 한다.

가족도 하나 없이 평생 살아왔으니 사람이 간절하게 그리울 것이다. 그리고 혼자서 죽는 것이 무척이나 두려웠을 것이다.

그래서 돈이 있음에도 불구하고 6인실을 선택한 것이리라.

“일단은 나도 적당한 곳이 있는지 알아볼게. 한 2억에서 3억 선으로 알아보면 되겠지?”

“그래 줄래?”

“그래.”

노형진은 대수롭지 않게 말했다.

“미안해요. 아무래도 거기에 기부는 못 할 것 같아요.”

“에? 그래요? 뭐, 다른 곳에 기부하기로 하셨나 봐요?”

얼마 후 노형진을 통해 기부할 만한 곳을 전해 들은 손채림. 그녀는 그 사실을 조말영에게 말했다.

그런데 며칠 후 다시 찾아갔을 때 조말영은 의외의 말을 했다.

“섭섭하지는 않아요? 아가씨가 소개시켜 준 곳인데.”

“저도 한 다리 건너서 안 곳이라서요.”

“그래요?”

“그런데 왜요?”

“내 변호사에게 물어보니 그다지 좋은 곳은 아니라고 하더라구요.”

“그래요?”

손채림은 고개를 갸웃했다.

다른 사람도 아니고 노형진이 소개시켜 준 곳이다. 그리고 노형진의 성격상 별로 안 좋은 곳을 알려 줬을 것 같지는 않았다.

‘두 곳 다 이상한 곳은 아닌데.’

한 곳은 수녀들이 운영하는 미혼모 시설이고, 다른 한 곳은 목사님이 운영하는 무료 급식소다.

노형진이 알아서 찾아 줬으니 그곳에 대해서 그녀가 알아본 건 아니지만.

"미안해요."

"그런 말씀 마세요. 건강부터 잘 챙기셔야지요."

손채림은 대수롭지 않게 생각했다.

자신이 뭘 원해서 한 것도 아니었으니까.

그렇게 모든 사건이 별거 아닌 것처럼 지나갈 수도 있었다.

"뭐? 이상한 곳이라고 그랬다고?"

"응. 그래서 다른 곳을 알아보신대."

노형진은 고개를 갸웃했다.

"그럴 리 없는데."

"응? 왜?"

"아니, 그 두 곳은 내가 전부터 후원하는 곳이거든."

"그래?"

"응."

노형진은 부자가 되었다고 해서 입 딱 닫고 쌩 까는 타입이 아니다.

얻은 만큼은 아니라고 하지만, 그래도 베풀 줄 아는 사람이었다.

'그런데 이상할 리 없는데.'

그럴 수밖에 없다.

노형진이 처음 선정할 때 그곳의 기억을 읽어 냈기 때문이다. 당연히 조금이라도 사심이 있으면 지원하지 않았다.

실제로도 미혼모 시설은 수녀님들이 낙태되는 아이들을 구하기 위해서 힘들게 운영하는 곳이었고, 급식소 역시 목사가 자기 재산 팔아 가면서 운영하는 곳이었다.

'그런 곳들이 이상하다고?'

도대체 그 두 곳이 이상하다면 어디가 멀쩡하단 말인가?

그렇게 무심결에 넘어가려던 노형진은 문득 얼마 전에 손채림이 했던 말을 기억해 내고 멈칫했다.

"기부금을 얻으러 왔다고 했지?"

"응? 어, 그랬어."

"그런데 그 후에 다른 사람도 왔어?"

"모르겠는데."

"음……."

"왜?"

"아니, 이상해서."

"뭐가?"

"어떻게 거기에 입원한 걸 안 거지? 거기에다 어떻게 기부하려는 건지 알고."

"응?"

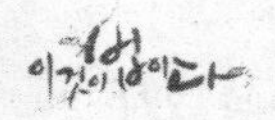

"그렇잖아. 암 환자가 한두 명도 아닌데 딱 집어서 어떻게 온 거냐고."

"그…… 그런가?"

"그래."

"생각해 보니 그러네."

그 병실에 있던 사람들은 조말영에게 기부해 달라고 읍소를 했다.

하지만 생각해 보면 이상하다. 암 환자가 한두 명도 아닌데 그들에게 어차피 죽을 거, 기부하라고 하는 놈들은 없으니까.

결과적으로 그녀가 기부하려고 한 걸 알았다는 뜻인데.

"변호사가 이상하다고 했다고?"

"응."

"흠……."

노형진은 거기에서 냄새가 나는 것을 느꼈다.

"아무래도 내가 직접 만나 봐야겠어."

"왜?"

"아니, 확실한 건 아니라서."

하지만 노형진의 예상이 맞는다면, 이건 결코 좋은 선택은 아닐 듯했다.

'하이에나 놈들이 너무 많단 말이지.'

그는 그렇게 생각하면서 눈을 찌푸렸다.

“노형진이라고 합니다.”

노형진은 손채림의 안내로 조말영을 만났다.

조말영은 이제 얼마 남지 않은 생임에도 불구하고 애써 웃음으로 노형진을 맞이해 줬다.

이미 마음의 준비가 되어 있기 때문이다.

‘죄송스럽네.’

마음의 준비까지 한 사람에게 이렇게 재산 문제로 꼬치꼬치 캐묻는 건 노형진의 입장에서는 죄스러웠지만 그래도 일단은 그녀의 마지막을 위해서라도 확실하게 해야 했다.

“사실은 기부 건에 관해서 그런데요.”

“이야기는 채림 양에게 들었어요. 굳이 추천해 줬는데 미안해요.”

“아닙니다. 뭐, 기부가 필요한 것은 한두 곳이 아니니까요. 그런데 죄송합니다만, 얼마 정도 예상하시는 건가요?”

“들었으려나 모르겠지만 난 가족도 없고 재산을 물려줄 사람도 없다우. 그러니 전 재산을 물려줄 생각이랍니다.”

“얼마 정도 될까요?”

“한 1,800억 정도 될 거예요.”

손채림은 입을 쩍 벌렸다.

“할머니가 그렇게 돈이 많다고요? 그렇게 안 보였는데.”

전혀 예상하지 못던 돈이다.

무려 1,800억이라니.

"내 팔자가 기구하다면 기구하지요. 그래서 모인 돈이고."

"네?"

"재복은 타고났는데 다른 건 없다고 해야 하나?"

조말영 할머니는 아주 오래전에 결혼했다고 한다.

하지만 그녀는 아이를 가질 수 없는 몸이었다. 그리고 그게 문제가 되었다.

과거에 여자가 아이를 가지지 못한다는 것은 큰 문제가 되었기에, 조선 시대에만 해도 소박이라고 해서 쫓겨나는 이유 중 하나였다.

"이혼에 관련된 법이 생긴 지 얼마 안 되는 시점이라 다행히 내가 그 혜택을 입기는 했지요. 옛날 같으면 소박을 맞았겠지."

과거라면 무일푼으로 쫓겨났을 테지만 현대적인 법이 생겨나면서 조금이나마 구제를 받았다.

물론 아이를 가지지 못하는 것도 그 시절에는 이혼의 대상이었지만, 과거에 소박맞던 것과 다르게 재산을 나눠 줘야 했다.

"하지만 그때 속아서 쫓겨났지요."

"네?"

시댁은 갑부에 속하는 사람들이었는데 돈을 주는 걸 아까

워했다. 그래서 그녀를 속여 땅을 주고 쫓아 보냈는데, 그 땅이 그 당시에는 엄청나게 쓸모없는 땅이었다는 것이다.

"그 당시 담뱃값이 50원이었는데 그 땅값이 250원 정도 하더군요."

"네? 도대체 얼마나 쓸모없는 땅이기에……."

"농사고 뭐고 아무것도 할 수 없는 곳이었어요. 거기에다 홍수가 나면 매년 수몰되던 지역이었고."

그런 곳이면 당연히 사람이 살 수가 없다. 농사도 짓지 못하고 말이다.

"세상이라고는 모르던 나이였으니, 넓은 땅을 준다는 말에 그냥 아무것도 모르고 넙죽 받아서 나온 거였지."

아련한 기억을 말하는 조말영 할머니.

쓸모없는 땅인 것도 모르고, 일단 넓은 땅을 준다고 하니 감지덕지하면서 받아서 나왔단다.

하지만 알고 보니 그건 진짜 쓸모없는 땅이었다.

"그런데 어떻게……?"

"아하!"

노형진은 거기까지 듣고 바로 알아차렸다.

"여의도였군요."

"오래전 이야기인데 어떻게 그걸……?"

"할아버지 생전에 들어 본 적이 있습니다. 진짜 쌀 때는 담배 한 갑으로 땅 한 평을 살 수 있었다고. 그때 그걸 사 놨으면 집안이 부자가 되었을 거라고."

"와우!"

손채림은 탄성을 질렀다.

대한민국의 중심이고 대한민국 정치의 핵심 여의도, 지금은 전국에서 가장 비싼 땅 중 한 곳인 여의도가 조말영 할머니의 땅이었다니.

"이혼하고 얼마 후에 그곳이 대대적으로 재개발되었지."

가격이 싼 만큼 어마어마한 넓이의 땅을 줬던 시댁에서 돌려 달라고 재판을 걸었지만, 그들은 졌고 그 돈은 조말영의 주머니로 들어갔다.

"하지만 내가 뭐, 쓸 줄을 알아야지."

조말영은 먹고살 호구지책으로 땅을 사서 소작을 놓는 법을 생각했다. 상가니 뭐니 하는 복잡한 것은 그녀는 잘 몰랐던 것이다.

농사꾼의 딸로 태어나서 아는 것도 그 정도뿐이었고, 따로 공부한 세대도 아니니까.

결국 그녀는 그렇게 얻은 돈으로 다른 곳에 땅을 샀다.

그런데 그녀는 이상하리만치 운이 좋았다.

사는 땅마다 개발되었고, 심지어 사기를 당해서 산 땅조차 갑자기 개발되어었다.

이상할 정도로 돈이 그녀를 따라다녔다.

"인생은 박복했는데 돈은 따라다니더군요."

"헐……."

운이 좋다고 해야 하나, 모든 운이 돈으로 몰렸다고 해야 하나.

그렇게 모은 재산이 무려 1,800억.

"그래도 아쉬워요, 자식 하나 손주 하나 보지 못하고 이렇게 한평생을 살다 가는 게."

그녀는 진정 안타까운 듯 눈으로 손수건을 훔쳤다.

"힘내세요."

손채림은 그런 그녀를 다독거리면서 함께 슬퍼해 줬지만, 노형진은 영 켕기는 게 있었다.

"그래서 변호사에게 기부할 사람을 구해 달라고 한 거군요."

"난 그런 거 잘 모르니까."

그녀는 세상을 살기 위해서 거칠게 움직인 적이 없었다.

내성적인 그녀의 성격상 이리저리 어울리지도 않았다.

다만 이제 죽음이 가까워졌으니 미련을 털어 내고 싶었던 것뿐이리라.

"왜? 뭐가 문제야?"

"좀…… 많이……."

노형진은 얼굴을 찌푸렸다.

"문제가 있다고요?"

"아니요……. 확실한 건 아닙니다. 좀 더 알아보고 말씀드리겠습니다."

그냥 말하는 게 워낙 위험한 것이기 때문에 노형진은 입맛을 쩝쩝 다실 수밖에 없었다.

⚖

"또 왔다 갔다고?"

"그렇다네. 아무래도 경호원이라도 고용해야 하나. 가뜩이나 외로운 분을 그렇게 괴롭히고 싶을까?"

힘겹게 웃는 조말영의 모습에 손채림은 가슴이 아파 왔다.

기부해 달라고 들어오는 거지들의 수는 점점 많아지고 있었다.

'하이에나 같은 새끼들.'

노형진은 그 이야기를 듣고 절로 얼굴을 찌푸렸다.

좋은 일을 한다고 사람이 아픈데 와서 괴롭힌다는 게 말이나 되는가?

더군다나 그녀는 죽음을 눈앞에 두고 있는데?

"아무래도 내 예상이 맞나 보다."

"무슨 예상?"

"하이에나가 들러붙은 것 같아."

"하이에나라니? 그건 짐승 아니야?"

"그래, 짐승이지."

"그게 왜 붙어?"

"진짜 짐승이 붙은 게 아니라 짐승 같은 놈들이야. 그래서 하이에나라고 부르지."

"그게 무슨 소리야?"

"하이에나는 시체를 뜯어먹지."

"그런데?"

"그런데 변호사 중에도 그런 놈들이 있어."

손채림의 얼굴이 딱딱해졌다.

그건 생각지도 못한 말이었기 때문이다.

"아니, 변호사가 왜?"

"변호사들의 주요 업무 중 하나는 재산을 정리하는 거야. 유언의 정리나, 이런 기부를 정리하는 거지."

"그런데?"

"반대로 말하면, 그걸 어떻게 해 볼 기회가 있다는 소리야."

"어떻게 해 본다?"

"재산이 1,800억이야. 전부 기부할 생각이지. 그리고 조말영 할머니의 말을 들어 보면 그분은 변호사에게 기부할 곳을 골라 달라고 부탁했어. 전권을 맡긴 거지."

"잠깐만…… 그러면?"

"적당히 작당 모의하면 서로 재산을 뿜빠이 할 수 있다는 거야."

"뭐라고? 그런 게 가능해?"

"가능하지. 실제로 몇 번 있었던 일이고."

변호사가 재산을 횡령하는 사건은 적지 않게 벌어진다.

심지어 자녀가 있어도 재산의 일부를 빼돌리는 사건이 터지는데, 조말영 할머니 같은 경우는 물려줄 상속자조차 없다.

즉, 빼돌린다 해도 항의하거나 불만을 표출하거나 할 사람이 없다는 뜻이다.

"하지만 할머니의 말로는 20년 넘게 거래한 변호사라고……."

"20년 거래했어도 사람이 배신하는 건 순간이다. 그리고 20년 넘게 거래했다면 변호사도 은퇴를 준비해야 하는 시점이야. 그런데 죽음을 앞둔, 가족 없는 거부의 재산을 정리할 기회가 왔어. 딴생각 안 하겠어?"

"으음……."

확실히 노형진의 말이 맞다.

"그러면 다짜고짜 찾아오는 것도 맞아."

"응?"

"일단 조말영 할머니의 재산을 빼돌리기 위해서는 같이 뿜빠이 할 사람을 찾아야 할 거 아냐."

"아하!"

그러던 와중에 누군가에게서 그녀가 재산이 많으며 죽어가고 있고 또 기부를 하려고 한다는 소문이 흘러 나갔을 것이다.

"하지만 변호사는 이미 작당할 놈들을 모두 모아 놨겠지."

그러니 그들에게는 기회가 없을 테고, 결국 그들은 직접적으로 돈을 받아 내려고 하는 것이다.

"차라리 할머니한테 사실을 말하지?"

"이득이 없거든. 증거도 없고."

그렇게 말해서 할머니가 변호사를 잘라 봐야 그들에게는 이득이 없다. 도리어 원한을 사서 보복당할 수도 있다.

그리고 말해 봐야 증거가 없으니 도리어 고발당할 수도 있고 말이다.

"이런 사기를 치는 놈들은 끼리끼리 뭉치는 성향도 있으니."

"음……."

욕심이 나서 찾아가기는 했겠지만 파토를 놓지는 않았을 것이다.

그래야 콩고물이라도 떨어질 테니.

"이렇게까지 하고 싶지 않은데……."

이제 죽음마저 받아들이고 삶을 정리하는 분을 소송으로 괴롭히고 싶지는 않았다.

하지만 이대로 두면 그 재산은 도둑놈들이 가져갈 테고, 그녀의 마지막 유언은 시궁창으로 처박힐 것이 뻔했다.

"아무래도 사냥을 한번 해야겠어."

노형진은 진지한 얼굴로 말했다.

하이에나 사냥

조말영은 노형진의 말에 약간 충격을 먹은 듯했다.

물론 삶을 정리할 준비까지 했으니 그 때문에 흔들릴 정도는 아니었지만, 배신에 대한 실망감이 그대로 드러났다.

"관련 이야기는 들어 보신 적이 없나요?"

"그저 변호사가 추천해 준 곳을 위주로 유언장을 작성했으니까요."

변호사의 이름은 한인술. 나이가 무려 예순이 넘은 사람이었다.

'역시나…….'

이제 변호사로서 사실상 수명이 다한 나이다.

물론 사건을 담당할 수는 있지만, 적극적으로 싸우면서 승리를 쟁취하기에는 힘든 나이다.

"말씀해 주신 단체에 대해서 좀 조사해 봤습니다. 그런데 대부분의 단체들이 생긴 지 5년 미만이더군요."

"그게 잘못된 건가요?"

"물론 아주 잘못된 건 아니죠. 하지만 현실을 생각하면 이상한 겁니다."

"이상해요?"

"네. 한국 사람들은 이러한 시설들을 혐오 시설로 보거든요."

동네에 장애인 복지시설 하나 생기는 것만 해도 거품을 물면서 반대하고 머리띠를 매 가면서 싸우는 게 한국 사람들이다.

그런데 한인술이 준 기록에 따르면, 그들의 주소지는 다 도시 한복판이다.

"심지어 있는 곳도 쫓아내는 게 한국 사람들입니다. 그런데 5년 내에 도심지에 이런 시설이 들어가기는 힘들죠."

더군다나 도시의 땅값은 비싸다. 그래서 대부분의 이러한 시설들은 시외 쪽에 들어서는 경우가 많다.

"고아원, 양로원, 미혼모 시설, 외국인 시설 다 비슷합니다."

고아원과 양로원은 시내 한복판이다.

미혼모 시설은 그나마 시외 쪽인데, 이건 또 너무 멀다.

미혼모 시설은 산모가 있기 때문에 여차하면 산모와 아이를 데리고 움직여야 하는데 말이다.

외국인 노동자 시설은 외국인이 별로 없는 동네에 있다,

외국인 노동자들이 있는 쪽이 아니라.

"그나마 이 세 곳이 오래되기는 했습니다. 장학 재단 두 곳과 연구 재단 한 곳이지요. 그런데 장학 재단은 지난 5년간 장학금 지원 실적이 한 해 열 건 미만입니다. 기록에 따르면 그나마도 회당 50만 원 선이구요."

그렇다면 매년 500만 원 정도밖에 안 줬다는 뜻이다.

"연구 재단은 연구 주제가 북한의 인권과 보육인데, 이거 연구해서 뭐 어쩔 건데요?"

당장 북한에 들어갈 수 있는 것도 아니고, 그렇다고 의견을 주기 위해서 접촉할 수도 없다. 하등 쓸모없는 연구였다.

"전형적인 세금 탈루용으로 만들어진 재단입니다."

"세금 탈루용이라니……."

"재단을 만들어서 재산을 양도하는 건 흔한 방법 중 하나니까요."

그냥 돈을 물려주면 어마어마한 재산세를 내야 한다. 그래서 부자들은 이런 식으로 가짜 재단을 만들어서 재산을 빼돌리곤 한다.

"그런……."

조말영은 큰 고생 없이 돈을 모았다. 그리고 치열한 삶을 살아 보지 못했다.

그래서 이런 것에 대해서 무지했다.

"죄송합니다. 좋은 소식이 아닌데……."

노형진은 죄스러웠지만 어쩔 수가 없는 상황이었다.
조말영 역시 한참 침묵을 지키다가 힘겹게 입을 열었다.
"그러면 그들이 빼돌린 돈은 찾을 수 있을까요?"
"빼돌리다니요?"
"일부를 미리 줬습니다."
"주셨다고요?"
"네. 그게 세금 차원에서 더 유리하다고 하더군요."
"한인술 변호사가 그랬겠지요. 얼마나 주셨나요?"
"한 500억 정도……."
"끄응……."
전형적인 하이에나들의 거짓말이다.
"당장 잘라야겠군요."
"아니요. 지금 자르시면 안 됩니다."
"네?"
"그러면 그 녀석들은 그 돈을 먹고 튈 겁니다."
변호사를 자르는 것은 편하다. 하지만 그렇게 되면 그 녀석들은 낌새를 알아채고 재산을 빼돌릴 것이다.
"각 조직으로 얼마나 갔는지 모르지만, 500억이라면 못해도 50억씩은 갔을 겁니다. 빼돌릴 수만 있다면 몇 년 살다 나와도 충분히 남는 돈이지요."
"그러면 어떻게 해? 달라고 한다고 줄까?"
"아니, 줄 리 없지."

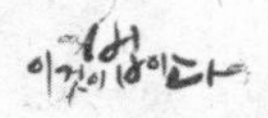

이미 주머니에 빼돌린 돈을 달라고 한다 해서 네 하고 덥석 다시 주지는 않을 것이다.

'차라리 유언장만 있다면 편했을 텐데.'

그러면 그냥 그를 자르고 유언장만 고치면 된다.

하지만 이미 재산을 빼돌렸으니 문제가 될 것이 뻔하다.

"흠……."

노형진은 돈을 찾을 방법을 궁리하기 위해서 머리를 굴렸다.

그들이 모르는 사이에 어떻게 해서든 돈을 찾아야 한다.

그러기 위해서 가장 먼저 해야 하는 것은 한인술이라는 그 놈을 잡는 것인데…….

"그 녀석이 어르신의 과거에 대해서 얼마나 압니까?"

"이혼한 것만 알지요."

"자녀에 대해서는요?"

"잘 모릅니다, 말할 만한 게 아니었으니."

그 당시에는, 아이를 가지지 못한다는 것이 여자로서 큰 죄목이었다. 그래서 그녀는 이혼한 건 알려 줬어도 아이를 가지지 못하는 몸이라는 것은 알려 주지 않았다.

수치심이 드는 일이었으니까.

순간 노형진의 머릿속에서 함정이 완성되었다.

"채림아."

"응?"

"너 말이야, 그 변호사 본 적 없지?"

"없지."

"그렇단 말이지."

노형진은 잠깐 고민하다가 고개를 번쩍 들었다.

"그러면 너, 할머니 손녀 해라."

"엉?"

노형진의 뜬금없는 말에 그녀는 당황할 수밖에 없었다.

"유언장을 바꾸고 싶다고요?"

한인술은 당황했다.

조말영이 갑자기 자신을 부르더니 유언장을 바꾸겠다고 한 것이다.

"아니, 갑자기 왜?"

"손녀가 찾아왔답니다. 제 재산을 손녀에게 주고 싶어요."

"손녀요?"

"네."

한인술은 뒤통수를 망치로 맞은 느낌이었다.

손녀라니? 이게 무슨 청천벽력 같은 소리란 말인가?

"손녀가⋯⋯ 있었습니까?"

"네. 이혼할 때 딸 하나를 두고 왔었지요."

그 후에 다시 찾아갔을 때 시댁에서는 딸이 죽었다고 했다.

그런데 알고 보니 딸은 잘 살다가 시집을 갔고, 지금 손녀가 자신을 찾아왔다는 것.

"그…… 그거, 거짓말 아닌가요? 확인을 한번 해 보셔야……."

"확실합니다. 내가 과거에 보던 딸의 모습 그대로인데요. 그리고 딸과 함께 찍은 내 사진도 가지고 왔구요."

"어려서 헤어지셨다면서요? 그런데 그 모습이 있을 리가……."

한인술은 이상하다고 말하려고 노력했다.

그러나 그런 그의 노력은 뒤에서 들려온 목소리에 묻혀 버렸다.

"할머니!"

"오, 우리 손녀가 왔네요."

진짜 반가운 얼굴이 되는 조말영을 보면서 한인술은 입술을 깨물었다.

'이런 씨팔…… 손녀라니.'

그동안 자신이 재산을 해 먹으려고 얼마나 노력했는데, 손녀라니.

"인사하거라. 이쪽은 한인술 변호사님이란다. 이쪽은 제 손녀인 손채림입니다."

"아…… 한인술입니다."

"이분이 이번에 유언장을 바꿔 주실 분이란다."

"안녕하세요."

손채림은 생글거리면서 웃었다. 그리고 그의 손을 덥석 잡았다.

"아, 네……."

"할머니한테 말씀 많이 들었어요. 20년이나 도와주셨다면서요?"

"그렇습니다."

"저도 잘 부탁해요. 물려받으면 뭘 어떻게 해야 할지 몰라서요. 세금도 많이 나온다고 하던데."

"걱정 말거라. 이분이 다 알아서 해 주실 거야."

"하하하…… 그래야지요."

한인술은 약간 곤혹스러운 얼굴이 되었다.

"아, 그러고 보니 할머니 재산 있잖아요. 일부 벌써 줬다면서요?"

"네? 아, 네……. 그냥…… 세금을 아끼려고……."

"그거 되찾는 소송을 하려고 하는데, 도와주실 거죠?"

한인술은 움찔했다.

이건 생각지도 못한 말이다.

"그게 무슨 말씀이신지?"

"할머니 재산을 엉뚱한 사람한테 줄 이유는 없잖아요. 핏줄이 나타났는데. 그렇지요?"

"한 변호사가 이해를 좀 해 줘요. 나도 자식이 없다가 이렇게 핏줄이 생기니 뭐든 다 해 주고 싶어서 그래요."

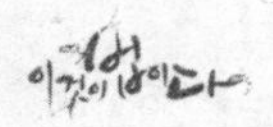

한인술은 입술을 깨물었다.

물론 말도 안 되는 소리다. 그걸 돌려 달라고 해서 그 녀석들이 줄 리 없다.

아니, 그걸 받아 내기 위해서는 자기가 받은 돈도 토해 내야 한다.

'절대 안 돼!'

그 안에는 자신이 쓴 돈도 있을 테고 그들이 쓴 돈도 있을 것이다.

당연히 그들이 쓴 돈을 채워서 주지는 않을 테니, 자신이 다 채워서 돌려 내야 한다.

"그건 좀…… 법적으로 곤란할 것 같은데요."

"어, 이상하다. 다른 변호사는 된다고 했는데?"

"다른 변호사요?"

"네. 충분히 돌려받을 수 있다고 했어요."

'싯팔.'

다른 변호사가 끼어 있으면 이건 일이 곤란해진다.

물론 소송을 해서 받을 수도 있고 안 받을 수도 있다.

하지만 진짜 문제는 그게 아니다.

다른 변호사가 소송하기 위해서 자신과 그들의 뒤를 캐기 시작하면 분명히 그들과 작당한 것이 걸릴 테고, 그러면 필패다.

당연히 돈을 돌려줘야 할 뿐만 아니라 속인 것에 대한 책임도 져야 한다.

“최대한 노력해 보겠습니다.”

“부탁해요, 한 변호사.”

“네, 사모님.”

고개를 숙이면서도 한인술은 입술을 지그시 깨물었다.

“뭐라고요! 그게 말이나 됩니까!”

한인술과 작당했던 녀석들은 길길이 날뛰었다.

“조금만 참으면 몇백억씩 챙길 수 있는데 뭐요? 손녀가 나타나?”

“아아…… 나도 지금 곤란하니까 뭐라고 하지 마요.”

한인술은 진땀을 흘렸다. 지금 상황을 어떻게 해야 하나, 머리가 지끈거리는 느낌이었다.

“손녀가 확실한 겁니까?”

“모르겠어요. 하지만 조 할머니는 확신하고 있어요.”

“노친네가 죽을 때가 되면 약해지잖아요!”

“그렇지요.”

특히나 노인들은 죽을 때가 되면 혈육에 대한 그리움이 사무친다고 한다.

그러니 가짜가 나타나서 적당히 거짓말하면 속을 수도 있다.

"하지만 사진이……."

결정적인 것은 사진이다. 사진을 함께 가지고 왔으니 뭐라고 할 수가 없었다.

그리고 사진 속에 있는 조말영과 그 딸의 모습은 놀라울 정도로 닮아 있었다.

"끄응, 포기는 못 시킵니까?"

"다른 변호사까지 알아본 모양이더이다. 내가 안 한다고 해도, 다른 변호사를 통해서 할 거예요."

"그러면 그냥 한 변호사가 하고 우리한테 적당히 지면 안 되오?"

그들은 지금 받은 돈이라도 지키고 싶었다. 이미 적지 않은 돈을 받았으니까.

하지만 한인술은 고개를 흔들었다.

"아무래도 그게 될 것 같지 않아요. 지면 다른 변호사를 선임할 가능성이 높아요."

"음……."

"일단 조사를 좀 해 봐야겠어요."

한인술은 그렇게 말하면서 입술을 깨물었다.

⚖

'후우…….'

어떻게 해서든 이 상황을 해결하기 위해서 한인술은 이리저리 알아보고 다녔지만 소송을 막을 방법은 없어 보였다.

손채림이라는 여자는 무조건 소송을 하겠다고 우기고 있었기 때문이다.

"이 여자를 어떻게 한다……?"

한인술은 고민을 하면서 병원으로 향했다.

차에서 내려서 병실로 가려고 하는 그때였다. 저 멀리 손채림이 통화를 하는 게 보였다.

뭐가 그리 좋은지 깔깔 웃어 대는 그녀의 모습에 자신의 고민이 바보같이 느껴져 한인술은 눈을 찌푸렸다.

'저 멍청한 계집을 진짜 죽여 버릴 수도 없고.'

그는 무시하면서 안으로 들어려고 했다.

그런데 위치가 절묘해서, 그가 입구로 들어가는 위치는 위쪽이었고 손채림은 그 아래에서 대화를 하고 있었다. 그러니 목소리가 들릴 수밖에 없었다.

"그러니까 내 말이. 그 멍청한 노친네가 깜빡 속았다니까."

'속아?'

가려고 하던 그는 멈칫했다.

속다니? 그게 무슨 말인가?

"조금만 기다려 봐, 수천억이 떨어진다고. 언제까지 자잘하게 해야겠어? 이번 한탕이면 끝이야."

한인술은 잽싸게 몸을 감췄다.

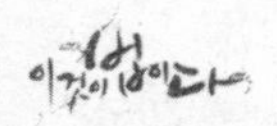

그걸 모르는지 손채림은 계속 이야기하고 있었다.

"일단 해외로 뜰 준비는 해 놔, 물려받으면 바로 나가게. 소송으로 돌려받는 거? 글쎄, 될까? 그 인간, 우리 쪽 냄새가 나던데? 빼돌린 눈치야. 아무래도 달라고 소송해 봐야 안토할 것 같기는 한데, 뭐, 그걸 물고 늘어져서 뜯어내지, 뭐."

히죽거리는 손채림의 목소리를 들으면서 한인술은 분노로 부르르 떨고 있었다.

그랬기에 좀 떨어진 곳에서 또다른 시선이 자신에게 향하고 있음을 그는 모르고 있었다.

⚖

"걸렸을까?"

그날따라 다급하게 가 버린 한인술을 보면서 손채림은 고개를 갸웃했다.

"확실하게 걸렸어. 이제 저 녀석도 우리 쪽 약점을 노리려고 하겠지."

노형진은 하이에나들의 습성을 안다.

약점을 잡으면 절대로 놓치지 않는다.

"할머니는 어때?"

"조만간 호스피스 병동으로 가셔야 할 것 같아."

"음……."

가뜩이나 암으로 인해서 지친 몸이 배신으로 인해서 완전히 축나고 말았다.

"망할 놈들……."

물론 돌아가실 수밖에 없는 건 안다.

하지만 그렇다고 이런 식으로 배신하고 뜯어먹으려고 하는 건, 노형진으로서는 용서할 수가 없었다.

"그나저나 사진은 어떻게 만든 거야?"

"사진? 아, 그거?"

"그래. 진짜 딸이라고 할 정도로 똑같던데?"

"프로그램으로 만든 거야."

"프로그램?"

"그래. 수치를 넣어서 조절하면 그 나이 때의 얼굴을 추론해 주는 프로그램이 있어. 보통은 미아들을 찾을 때 쓰는데, 역행으로 할 수도 있거든."

"아하!"

조말영의 사진을 역행시켜서 어려서의 얼굴과 젊어서의 얼굴을 만들고 그걸 합성했으니 당연히 닮을 수밖에 없다. 본인이니까.

"그런 게 있어?"

"아마도 그런 건 모를걸."

노형진은 히죽 웃으면서 멀어지는 한인술의 차량을 바라보았다.

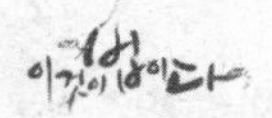

"이제 어떻게 나올까?"

"일단은 증거를 잡으려고 하겠지."

"하지만 무슨 증거?"

"제일 간단한 게 뭐겠어?"

노형진은 손을 들어 올려서 손채림의 긴 머리카락을 비비 꼬았다.

"변호사들의 생각은 대부분 비슷하거든, 후후후."

⚖

아니나 다를까, 한인술은 며칠간 손채림을 이상하게 바라봤다.

손채림은 모르는 척 피식 웃으면서 머리빗을 자리에 두고 살짝 화장실에 다녀왔다.

'역시나 그러네.'

노형진이 예상한 그의 약점 잡기는 다름 아닌 유전자다.

유전자는 빼도박도 못할 증거다. 그러니 어떻게 해서든 유전자를 채취해서 검사를 하려고 할 테고, 그러기 위해서는 머리카락이 제일 간단하고 확실했다.

그리고 예상대로 화장실에 다녀오니 빗의 위치가 미묘하게 달라져 있었다.

손채림은 아무렇지도 않게 자리에 앉았고, 한인술은 그런 손채림을 물끄러미 바라보다가 할 일이 있다면서 서둘러 돌아가 버렸다.

⚖

"뭐라고? 가짜?"

"네. 그 계집, 가짜입니다."

조말영의 유전자야 얻는 게 어려운 게 아니다. 그가 변호사이고 검사를 위해서 피를 상당히 뽑아냈으니까.

그리고 둘을 비교한 결과, 손녀일 가능성은 0%였다.

"당장 그년들을 신고해요! 가짜? 하! 이런 미친년 때문에 이게 무슨 지랄 같은 일이야!"

다들 기가 막혀 하는 표정이었다.

하긴, 지난 며칠간 얼마나 전전긍긍했는데 가짜라니.

"저도 그럴까 했는데 좀 곤란합니다."

"응?"

"그년이 우리를 의심하더군요."

"의심? 무슨 의심?"

"촉이 좋더군요."

같은 냄새 어쩌고 하는 이야기는 하지 않았다.

하지만 확실한 건, 손채림이 의심하고 있다는 것이었다.

"아니, 어떻게요?"

"그년도 사기꾼입니다. 그러니 눈치가 빠른가 보더군요."

그 말을 하면서 한인술은 눈을 찌푸렸다.

결국 자기도 사기꾼이라는 걸 인정해야 하는 말이었기 때문이다.

"만일 신고하면 입을 나불거릴 가능성이 있습니다."

"그럼 어쩌자는 거야? 그냥 두자고?"

그러면 수천억을 모조리 빼앗긴다.

그렇다고 죽이자니, 사람을 죽이는 게 그렇게 쉬운 일이 아니다.

이들은 사기는 쳐 봤지만 살인까지는 해 본 적이 없기 때문이다.

"이걸 가지고 흔들어 보죠."

"흔들다니?"

"그년도 적당히 먹고 떨어지게 하자는 겁니다."

"음……."

"물론 많이 줄 생각은 없습니다. 하지만 30억 정도 준다고 하면 떨어지겠지요."

"30억?"

생각보다 큰 돈이다. 다들 약간 아까운 눈치였다.

그걸 눈치챈 건지, 한인술은 선을 그었다.

"고작 30억입니다. 1,800억대 재산에서요."

"하긴……."

"그년이 입을 나불거리게 하면 여러모로 곤란합니다. 그리고 통화하는 걸 보니 뒤에 누가 있을 가능성도 있습니다. 우리가 작심하고 죽인다고 해도, 뒤에서 누가 경찰에 찌르면 수사가 시작될 겁니다."

"음……."

결국 최선은 그들이 먹고 떨어질 만큼 주고 나머지는 자신들이 먹는 것이다.

"한 변호사님만 믿겠습니다."

한인술은 고개를 끄덕거렸다.

⚖

띠리링.

손채림의 핸드폰에서 울리는 소리.

그걸 확인한 손채림은 피식 웃었다.

"잠깐 보자는데?"

"왜?"

"뭐, 유전자가 안 맞았나 보지."

맞을 리 없지 않은가? 애초에 진짜 혈연도 아닌데.

"제대로 물었군."

노형진은 만족스러운 얼굴이 되었다.

이제 남은 것은 그들을 소탕하는 것뿐이다.

"그런데 말이야."

"응?"

"왜 그냥 한인술을 고발하지 않은 거야? 그냥 그렇게 하면 편하지 않아? 함정이고 뭐고 할 필요도 없잖아."

"아, 그거?"

애초에 증거를 찾으려고 하면 못 찾을 것은 없다. 그런데 노형진은 굳이 이렇게 시간을 들여 가면서 함정을 팠다.

조말영의 시간이 얼마 남지 않은 걸 생각하면 상당히 위험한 행동이다.

"한 번에 소탕해야 군말이 안 나오거든."

"군말?"

"그래. 한인술이 잡혀가면 다른 놈들은 뭐라고 하겠어?"

"글쎄."

"아마도 선의의 제삼자라고 주장하겠지."

"아하!"

선의의 제삼자란, 범죄를 통해서 이득을 보았으나 이를 알지 못하는 제삼자의 경우 책임을 지지 않아도 된다는 것이다.

가령 그림을 훔친 자가 장물아비에게 그림을 팔고 그걸 장물아비가 아무것도 모르는 제삼자에게 판 경우, 제삼자는 선의의 제삼자로 봐서 그림에 대한 소유권이 인정되는 규정이다.

물론 완벽하게 작동하는 것은 아니고 사건마다 다르게 적용되기는 하지만 말이다.

“너도 알다시피 조 할머니는 오래 못 버텨. 그 녀석들이 선의의 제삼자를 주장하면서 민사를 걸면 할머니가 돌아가시고 난 후에는 재판의 당사자가 없어져 버려.”

그러면 재판이 취소되고 그 돈은 그들이 집어삼키게 된다.

“하지만 그들의 범죄를 입증하면 할머니의 재산을 이어받은 재단이 소송을 이어 가서 받아 낼 수 있지.”

노형진은 조말영을 위해서 재단을 만들어서 재산을 기부하는 방법을 알려 줬다.

예상대로 그녀는 아무것도 모르고 있었다. 그런 방법이 있다는 걸 알았다면 아마도 한인술에게 전부 맡기지 않았을 테니 한인술이 고의적으로 말해 주지 않은 것이다.

그는 죽으면 재산이 무조건 국가 귀속이니 가능하면 빨리 기부해야 한다고 했던 것이다.

“그러니 그걸 막기 위해서라도 내부에서 그들이 작당했다는 증거를 찾아내야 해.”

노형진이 예상하기로는, 그들은 이쪽의 약점을 잡아도 섣불리 그걸 꺼내지 못한다. 이쪽도 의심하는 걸 알고 있을 테니까.

그리고 똑같이 조사가 들어가면 불리한 건 그쪽이다.

“그러니 너에게 어떻게 해서든 협상을 걸려고 할 거야.”

그리고 그때가 기회라는 것을 노형진은 알고 있었다.

⚖

"너 가짜인 거 알고 있다."

"뭐라는 거야."

손채림은 짜증스럽게 말했다.

기껏 불러내서 한다는 말이 가짜라니.

"사진을 어디서 구했는지 모르겠지만, 검사 결과는 좀 다르더군."

"검사? 뭔 검사?"

"유전자 검사 결과."

한 장의 종이를 꺼내서 흔드는 한인술.

그걸 본 손채림은 얼굴이 파리하게 변했다. 그리고 잽싸게 덤벼서 종이를 빼앗으려고 했다.

하지만 한인술은 잽싸게 뒤로 돌려 숨겼다.

"뭐, 어차피 가져가 봐야 이건 사본이라고."

히죽거리면서 웃는 한인술.

"너 뭐야!"

"알면서 왜 물어?"

손채림은 입술을 깨물었다.

"어디서 사진을 구해서 굴러들어 왔는지 모르지만, 욕심은 적당히 부려야지."

"하! 너 같은 사기꾼이 뭘 안다고 지랄이야?"

"어린놈의 자식이."

사기꾼이라는 말에 한인술은 발끈했다. 그래도 아직은 변호사로서의 자존심이 남아 있었기 때문이다. 하지만 손채림의 말에 그의 자존심이 중요한 게 아니라는 것을 느낄 수밖에 없었다.

"그래서, 그렇게 잘나서 다른 놈들이랑 쿵짝이 맞아서 돈을 빼돌리는 거야?"

"말조심해. 돈을 빼돌리다니."

"그러면 그 500억은 어쨌어?"

"그건 기부한 돈이야."

"기부 같은 소리 하고 자빠졌네. 같은 계열 사람들끼리 말장난하지 말지."

"너……."

"내가 바보인 줄 알아? 그리고 내 유전자 검사까지 한 것 보면, 내 뒤에 누가 있는지쯤은 알 거 아냐?"

한인술은 입술을 깨물었다.

'역시나…….'

사실 유전자 검사를 하기는 했지만 그 뒤에 있는 게 누군지 알아내지는 못했다.

사실 배후가 없으니 알아내지 못하는 게 당연한 일이다.

혹시나 지문으로 알아낼까 봐 손끝에다가 가짜 지문을 붙이고 다녔으니 알아낼 수도 없었다.

"이미 너희들이 한 거 다 알아냈거든?"

"……."

"그럼 그거나 먹고 꺼져. 돌려 달라는 소리는 안 할 테니까."

기고만장하게 나오는 손채림을 보면서 한인술은 약간 갈등했다.

'진짜 뒤에 누가 있는 건가?'

생각해 보면 그럴 가능성도 충분하다.

무려 1,800억짜리 건수다. 거기에다 조말영이 죽으면 뒤탈도 없는 돈이다.

그러니 사정을 아는 누군가가 끼어들었어도 이상할 건 없다.

"그렇게는 안 될 텐데?"

"웃기지 마. 누구 마음대로?"

피식하고 웃는 손채림.

점점 자신이 밀린다고 생각한 한인술은 강하게 나가기로 했다.

"우리를 몰아내려고 한다면 이걸 터트리겠다."

"뭐라고?"

"경찰이 이 유전자 증거를 보면 뭐라고 할까?"

"너 미쳤구나."

"미친 건 아니지. 하지만 너나 나나 비슷한 상황인 것 같은데?"

"뭔 개소리야?"

"이거지. 어차피 너희도 혼자는 못 먹어. 우리도 혼자서는 못 먹고. 그러면 뿜빠이 하는 게 더 좋지 않겠어?"

"뿜빠이? 누구 마음대로?"

"좋은 게 좋은 거 아냐? 어차피 너희가 집어삼켜 봐야 세금 폭탄만 맞을 텐데?"

한인술은 정곡을 찔렀다.

"음……."

그리고 그건 틀린 말은 아니다.

이 경우 상속에 해당되는데, 이 정도의 상속이면 무려 50%의 세금을 내야 한다.

"어차피 절반은 뜯기는 거 아냐?"

"그런데?"

"기부는 그렇게 세금이 붙지 않거든. 이렇게 하도록 하지. 30억 줄 테니, 그 대신에 입을 다물어."

"누구 마음대로."

"아니면 이걸 경찰에 제출하고."

유전자 검사 결과를 흔드는 한인술.

하지만 손채림은 피식하고 웃었다.

"그런다고 될 것 같아? 내 뒤에 누가 있는데. 경찰이라고."

"경찰?"

경찰이라는 말에 한인술은 당황했다.

언제 경찰이 냄새를 맡고 돈을 노리고 여기까지 들어온 거란 말인가?

'끄응…… 충분히 가능한 일이야.'

경찰이라면 자신이 아는 범죄자 중에서 사기꾼을 골라내는 것은 일도 아닐 것이다. 그리고 조말영의 뒤를 조사하다가 사진을 찾아낼 수도 있고 말이다.

거기에다 사건을 무마하는 데 경찰만큼 확실한 자리가 또 어디 있나?

'곤란하게 된 것 같군……. 물러나?'

하지만 그럴 수는 없다.

자신들이 가지고 온 것은 원래 재산의 일부일 뿐이다. 그걸 포기하면 지금까지 노력한 게 무의미하다.

"그래서 뭐? 난 변호사야. 내 인맥 중에는 판사도 있고 검사도 있어. 기자도 있는데, 이게 터지면 누가 불리할까? 그리고 우리는 이미 챙겼고 그쪽은 이제 챙겨야 하는데?"

손채림은 이를 박박 갈면서 한인술을 노려보았다. 그리고 한참 침묵을 지키다가 입을 열었다.

"300억."

"어린놈이 겁대가리 없구먼."

"그 아래로 떨어지면 겁대가리 없는 놈은 당신들이 될 텐데?"

한인술은 움찔했다.

'경찰이라……. 영 찝찝하기는 한데.'

고민하던 한인술은 결국 최대한 공평한 조건을 생각했다.

'차라리 한패로 넣을까?'

그러면 인원수대로 나눠서 가져가게 된다. 그러면 일단은 300억보다는 훨씬 적게 줄 수 있다.

더군다나 경찰이 뒤에서 감춰 준다면 문제가 될 것도 없다.

"동일한 비율로 나눠 가진다면 한패로 넣어 주지."

"뭐?"

"안 그러면 다 같이 죽는 거다. 어차피 우리는 이판사판이야."

한인술은 강하게 나가기로 했다.

손채림은 눈을 찌푸렸다.

"알았어. 위에 말해 볼게."

"좋은 게 좋은 거라고 생각해라. 어차피 너무 큰 떡은 혼자 먹으면 탈 나."

"……."

'그건 우리도 마찬가지고.'

한인술은 속으로 그렇게 생각했다.

위쪽에서 노리고 있었으리라고 생각하지 못한 게 실수였다.

'하긴, 위쪽이라면 사진은 어디서든 구할 수 있겠지.'

그는 이게 최선의 방법이라고 스스로에게 되새기면서도 쓰린 속을 움켜쥘 수밖에 없었다.

며칠 뒤. 정식으로 패거리가 되기로 한 손채림은 그들과 함께 조용한 장소에서 만났다.

"이럴 줄 알았다."

"뭐가?"

"기부는 개뿔."

모여든 각 단체의 대표들을 보면서 손채림은 눈을 찌푸렸다.

그들은 그녀가 아까워서 그런다고 생각했지만, 손채림은 아까운 게 아니라 화가 나서였다. 아직 당사자는 죽지도 않았는데 재산을 빼돌리겠다고 이렇게 나서다니.

"우리 조건은 간단해. 네가 입만 다물면 되는 거야."

"하지만 유언장은? 이미 유언장 바꾸지 않았어?"

한인술은 자신의 가방에 있는 봉투를 내밀었다.

"바꾸기는 했지. 하지만 옛날 유언장이 파기된 건 아니거든."

새로운 유언장이 만들어지면 기존 유언장은 당연히 파기해야 한다. 그런데 그는 여전히 그걸 가지고 있었던 것이다.

"네가 입만 다물면 새 유언장의 존재는 아무도 몰라. 그러면 난 기존 유언장을 집행하면 되는 거야."

"그거 불법 아니야?"

"애초에 이게 합법은 아니잖아?"

"그건 그렇지."

돈을 빼돌리기 위해서 얼마나 노력했는데, 여기서 포기할 수는 없었다.

"좋게 생각하라고. 그래도 100억 정도 챙겨 가잖아."

"전에 너희들이 가지고 간 건?"

"그건 뿜빠이 하면 안 되지. 그걸 작업한 건 우린데."

뒤에 서 있던 한 남자가 짜증스럽게 말했다.

하긴, 무려 100억이나 엉뚱한 놈에게 뜯기니 기분이 좋을 수가 없었다.

"너희들이 작업한 거 맞아? 확실해?"

"그러니까 우리한테 들어왔지."

그들은 하나같이 고개를 끄덕거렸다.

"그래서 그걸 안 나누겠다?"

"그건 이미 작업이 끝난 돈이야. 당연히 우리 거지."

"위에서 안 좋아할 텐데?"

잔뜩 찡그렸던 손채림이 갑자기 표정을 풀고 방실방실 웃기 시작했다.

'이게 미쳤나?'

모여 있던 사람들은 갑자기 표정이 변하는 그녀를 보고 어리둥절했다. 짜증을 부려야 하는 시점인데 왜 저렇게 방실방실 웃는단 말인가?

"그래서 뭐, 어떻게 할 건데? 달라고 찌르기라도 할 거야?"

어차피 찌르지 못한다는 것은 알고 있다. 여기서 찌르면 그나마 받게 될 100억도 날아갈 테니까.

그런데 손채림의 행동은 그들의 예상을 뛰어넘었다.

"응, 그럴 건데?"

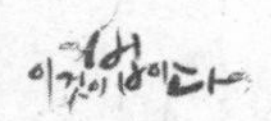

"뭐? 이게 미쳤나?"

무려 100억을 포기하고 위에 말한다고 하니 어이가 없는 표정이 되는 사기꾼들.

한인술은 뭔가 등골이 싸늘하다는 느낌이 들었지만 이미 손채림은 움직이고 있었다.

"들으셨지요? 윗분들, 혼 좀 내 주세요."

"혼 좀 내 주세요? 아니, 전화도 아니고 그런다고 누가 나온다고……."

그들은 말을 하다가 멈춰 버렸다. 조용한 공원 여기저기에서 숨어 있던 사람들이 한두 명씩 나타난 것이다.

"큭!"

"이런 씨발!"

건장한 덩치를 자랑하는 남자들을 보고, 그들은 조폭이 동원된 줄 알고 잔뜩 긴장했다.

"걱정 마세요. 조폭 아니니까."

그런 그들에게 다가가면서 미소를 보이는 노형진.

"넌 뭐야!"

"저요? 전 변호사고, 이분들은 경찰."

"겨…… 경찰?"

"경찰입니다."

경찰은 그들에게 자신의 신분증을 내밀었다. 그리고 그걸 본 한인술은 기가 막혔다. 설마 여기까지 올 줄이야.

"여기까지 와서 아무리 겁박해도 더 이상은 못 줍니다."

"겁박? 못 줘?"

경찰은 당황했다.

체포하러 왔더니 이게 무슨 소리란 말인가.

"큭큭큭."

손채림은 그런 경찰 뒤에서 애써 웃음을 참았다.

"뭐야?"

손채림을 보면서 뭔가 점점 불안해지는 사기꾼들.

"내가 경찰이 뒤에 있다고 했지, 이 사람들이 사기 치는 데 동참했다고는 안 했거든요?"

아까와 다르게 깍듯이 존댓말을 하는 손채림.

그러자 그 말이 이해가 가지 않았던 사기꾼들은 멍하니 서로를 바라보다가 갑자기 사방으로 튀려고 했다.

"튀어!"

"허억……."

그나마 나이가 어린 작자들은 시도라도 했지만, 그 내용을 알아차린 한인술을 비롯하여 나이 많은 자들은 그대로 다리가 풀리면서 주저앉았다.

"으아아!"

"이건 함정수사야! 함정수사라고!"

"이건 사기야, 사기!"

도망가려고 했던 놈들도 채 10미터도 가지 못해서 다른 경찰에게 잡혀 끌려왔다.

"사기꾼분들이 사기라고 하면 안 되지요."

노형진은 씩 웃으면서 그들에게 다가갔다. 그리고 멍하니 경찰을 바라보는 한인술을 향해 천천히 입을 열었다.

"당신이 했던 모든 진술, 모든 증언이 다 녹음되었습니다. 덕분에 재판이 쉬워지겠어요."

"어…… 어떻게……?"

"하이에나 짓도 적당히 해야지요. 혼자 먹으려고 하면 탈 난다고요? 하, 그걸 아는 분이 이런 멍청한 짓을 합니까?"

한인술은 손이 뒤로 돌려지고 수갑이 채워지는 와중에도 혼이 나간 듯 저항도 하지 못했다. 그저 멍한 표정으로 노형진을 바라볼 뿐이었다.

"재산은 걱정하지 마세요. 조말영 어르신은 이미 재단을 만들어서 재산을 옮기는 중이십니다. 당신들에게서 찾아올 재산도 그곳으로 들어갈 거구요."

"……."

"당신 같은 인간이 변호사라는 게 참 부끄럽네요."

그제야 그는 고개를 푹 숙이고 경찰이 이끄는 대로 경찰차로 끌려갔다. 그런 그를 물끄러미 바라보는 노형진에게 손채림이 다가왔다.

"저놈이 끝이 아니겠지?"

"애석하게도 말이지."

변호사가 사망자의 재산을 빼돌리는 하이에나 사건은 한 해에도 몇 번씩 일어난다.

특히 자녀가 없거나, 있다 해도 자산의 규모를 잘 모르는 경우 그런 욕심을 부리는 변호사들이 적지 않다.

"변호사면 재산이 적은 것도 아닐 텐데…… 왜 그랬을까?"

자신들이 조사한 한인술의 재산은 결코 적은 게 아니었다. 그럼에도 불구하고 그는 조말영의 재산을 노렸다.

"인간의 욕심은 끝이 없으니까."

노형진은 씁쓸하게 말했다.

"유언장을 개봉하겠습니다."

얼마 뒤 조말영은 결국 운명을 달리했다.

모두가 마음의 준비를 했기 때문에, 그리고 그녀 역시 모든 걸 준비해 놨기 때문에 모든 과정은 자연스럽게 이루어졌다.

그녀의 유언장의 대리인으로서 노형진이 관련된 자들을 모아 두고 유언장을 개봉하는 것이 오늘이었다.

"유언은 본인의 구술을 변호사인 제가 자필로 적었으며, 녹음된 내역과 해당 작성 당시 촬영된 영상본이 함께 있습니다. 이의가 있는 분은 사본을 드리겠습니다. 해당 유언은 해당 병원의 원장과 법원에 신청하여 파견된 사무관이 동석하여 증인으로 기재되었습니다."

완벽하게 꾸며진 유언장을 노형진은 천천히 읽었다.

"사망 후 재산 800억은 보육원에서 출소하는 고아들의 자립과 지원을 위해서 만들어진 자립 재단에 기부한다."

그 부분에 자립 재단의 대표는 고개를 끄덕거렸다.

애초에 알고 있었던 내용이니까.

"그리고 사기꾼들에게서 되찾아야 하는 500억은 대룡의 평등재단에 그 권한을 위임하며, 그걸 찾는 즉시 평등재단에 기부한다. 그리고 남은 300억과 200억대의 건물은 성 마르시아 수녀회에 기부하여 미혼모의 자립과 아이들의 교육비 지원에 쓰도록 한다. 마지막으로……."

"마지막요?"

다들 고개를 갸웃했다.

조말영의 재산은 1,800억이다. 1,600억의 현금과 200억대의 건물이 끝이다.

그런데 마지막이라니?

"남은 재산이 있었나요?"

"주식이 좀 있더군요."

"주식?"

"네. 그분은 평소에 관심이 없으셨던 모양이지만요. 그것도 주식을 사려고 한 게 아니라 아는 분이 도와 달라 부탁해서 마지못해서 주식을 받는 조건으로 돈을 준 거랍니다."

"그런데 왜 지금까지 드러나지 않은 거죠?"

"그 당시 거래한 게 한인술이었습니다."

주식에 대해서 알지 못하는 조말영은 그 이후에 그걸 기억도 하지 못했고, 그 점을 이용해서 한인술이 가장 먼저 빼돌린 것이 바로 주식이었다.

그리고 경찰 조사 결과 그 사실이 드러나면서 유언장에 들어간 것이다.

"그럼 낭독하겠습니다. 마지막으로 내가 가진 세건유통의 주식 전부를 사랑하는 손녀에게 남긴다."

"손녀?"

다들 어리둥절했다. 손녀가 없기 때문이다.

노형진은 그걸 잘 정리해서 뻘쭘하게 서 있는 손채림에게 건넸다.

"받아."

"응? 나? 아니, 이걸 왜 나한테 줘?"

"손녀에게 주라잖아."

"하지만 난……."

진짜 손녀도 아니고 가짜 노릇을 잠깐 했을 뿐이다. 그런데 재산을 남기다니.

"개인적인 편지가 안에 있어. 읽어 봐. 돌아가시기 전에 너한테 많이 기대고 고마워하셨더라. 삶의 마지막에 혈육이란 게 뭔지 느끼는 기분이었대."

손채림의 눈시울이 붉어졌다.

자신은 그저 힘들어하는 할머니가 안타까워서, 그리고 그런 상황에서 배신까지 당한 게 안쓰러워서 자주 찾아가고 도와드리려고 한 것뿐이었다.

그런데 설마 재산을 남겨 줬을 줄이야.

"알아봐야겠지만 세건유통이면 큰 회사는 아니야."

"그래도…… 이건…… 너무……."

"그냥 받아 둬. 넌 받을 만해."

노형진은 눈이 붉어진 그녀에게 편지가 든 봉투를 건네면서 말했다.

"사람에게 진심을 다한다는 거, 그거 힘든 일이야. 그리고 넌 최소한 그분한테는 진심을 다했잖아. 어쩌면 마지막 순간에 조말영 할머니한테 유일하게 진심을 다하는 사람은 너뿐이었을 거야."

노형진은 울먹거리느라 받지 못하는 손채림의 손에 봉투를 쥐여 줬다.

"때로는 진심이 어떤 보물보다 가치가 있는 법이야."

그리고 노형진은 그녀가 이걸 받을 자격이 된다는 걸 누구보다 잘 알고 있었다.

다음 권으로 이어집니다

마운드의 제왕

정한담 스포츠 장편소설

ROK SPORTS FANTASY STORY

혜성처럼 나타난 야구계의 이단아
환상의 제구로 마운드에 우뚝 서다!

한국 야구계의 전설 최동훈의 피를 물려받았지만
야구선수로서의 능력은 제로였던 최성호

'패전 전문 투수', '물투수' 등
치욕적 별명만 얻은 채 입대를 하게 되고
야구에 대한 꿈을 접으려 할수록 미련은 강해져만 가는데……

그런 그의 눈앞에 나타난 건
어릴 적 받은 야구 카드의 주인공, 새철 트레벌?

더 이상 아버지의 이름을 더럽힐 수는 없다!
스승과의 하드 트레이닝을 통해
마운드의 제왕으로 거듭나라!